Alte Mühl
Haus der Faltins
Burgruine im Wald

Ina Brandt

Eulenzauber

Der Ruf des Waldkauzes

In der Reihe *Eulenzauber* von Ina Brandt
sind im Arena Verlag erschienen:
Eulenzauber. Ein goldenes Geheimnis (Band 1)
Eulenzauber. Rettung für Silberpfote (Band 2)
Eulenzauber. Eine wunderbare Freundschaft (Band 3)
Eulenzauber. Magie im Glitzerwald (Band 4)
Eulenzauber. Rätsel um die Goldfeder (Band 5)
Eulenzauber. Hilfe für das kleine Fohlen (Band 6)
Eulenzauber. Geheimnisvoller Edelstein (Band 7)
Eulenzauber. Ein neuer Freund für Goldwing (Band 8)
Eulenzauber. Der große Herzenswunsch (Band 9)
Eulenzauber. Der Kreis der Goldflügel (Band 10)
Eulenzauber. Flora und das Weihnachtswunder
Eulenzauber. Mein Freundebuch
Eulenzauber. Mein magisches Malbuch
Eulenzauber. Goldwings großer Rätselschatz

Ina Brandt
arbeitete nach dem Germanistikstudium einige Jahre als Lektorin, bevor sie sich als Autorin selbstständig machte. Seitdem hat sie zahlreiche Kinderbücher veröffentlicht. Mit »Eulenzauber« erfüllt sie sich einen lang gehegten Traum, den ihr ein kleiner Waldkauz in vielen Nächten aus dem Garten zugerufen hat. Die Autorin lebt mit ihrem Mann und ihren beiden Töchtern in der Nähe von Stuttgart.

Irene Mohr
wurde in Hamburg geboren und hat dort an der Fachhochschule für Gestaltung Grafikdesign studiert. Seitdem arbeitet sie als Illustratorin und Grafikerin für verschiedene Kinderbuchverlage. In ihrem Atelier hat sie eine Malschule gegründet und dort viele Jahre Kurse für Kinder und Erwachsene gegeben. Wenn sie keine Bücher illustriert, ist sie am liebsten in der freien Natur – zwar ohne Eule, aber dafür gerne mit Pinsel und Staffelei.

Ina Brandt

Eulenzauber

Der Ruf des Waldkauzes

Mit Illustrationen von
Irene Mohr

Arena

Für alle, die Mut haben
zu träumen

FSC
www.fsc.org
MIX
Papier aus verantwortungsvollen Quellen
FSC® C110508

1. Auflage 2019

Umschlag- und Innenillustration: Irene Mohr
Logogestaltung: Max Meinzold
Umschlaggestaltung: Juliane Lindemann
Gesamtherstellung: Westermann Druck, Zwickau GmbH
ISBN 978-3-401-60458-9

www.arena-verlag.de
www.eulenzauber-lesen.de

Diese Zeilen hinterlasse ich dem Menschen, der daran glaubt, dass es Zaubereulen wirklich gibt! Dem, der bereit ist, ihr Geheimnis zu wahren und ihre Kräfte weise zu nutzen. Dem, der seine Eule gefunden hat, die bloß er verwandeln kann. Nur wenn die beiden wirklich füreinander bestimmt sind, wird das Wunder wahr.

1

Die Neue im Stall

»Na, mein Kleiner, wie gefällt dir das?« Miri hielt Dusty das Zaumzeug über die Boxentür entgegen. Sie und Flora hatten den Stirnriemen mit lauter bunten Steinchen beklebt. Das sah richtig toll aus! Dusty streckte den Kopf vor, betrachtete interessiert das Geschenk der Mädchen und streckte dann … die Zunge danach aus!

Flora und Miri lachten.

»Nein, das ist nichts zum Fressen«, erklärte Miri. »Da würdest du nur Bauchschmerzen bekommen.«

Flora kramte in ihrer Jackentasche nach einer Karotte. »Nimm lieber das. Schmeckt garantiert besser.«

Die Karotte verschwand sofort in Dustys Maul. Kauend stupste er Flora in den Bauch. Hatte sie nicht noch mehr Leckerbissen dabei?

»Dusty weiß wohl nur fressbare Geschenke zu schätzen«, stellte sie grinsend fest. Dabei hatten sie sich richtig Mühe gegeben und waren stolz auf ihr Werk.

»Oh, war bei euch Bastelstunde?«, erklang es da hinter ihnen. Flora seufzte innerlich. Nathalie! Sie kannte diesen höhnischen Ton zur Genüge. Aber Nathalie war nicht allein, es stand noch ein Mädchen neben ihr. Auch sie betrachtete mit abschätzigem Blick Dustys Zaumzeug.

»Gibt doch viel Schöneres zu kaufen«, sagte sie.

»Aber gekauft ist nicht selbst gemacht«, erwiderte Miri und klang ein bisschen schnippisch.

»Na ja, so sieht's dann auch aus«, meinte das Mädchen.

Klar, Flora musste zugeben, dass die Kleckse mit der Heißklebepistole manchmal ein bisschen dick geworden waren, aber das fiel ja kaum auf. Dieses Mädchen war ganz schön unverschämt, fand Flora. Irgendwie passte sie zu Nathalie, sie sah ihr fast ein bisschen ähnlich mit ihren dunklen Haaren. Nur waren ihre lockig und zu einem Pferdeschwanz gebunden.

»Komm, lass uns nach Crazy schauen«, sagte sie nun und zog Nathalie weiter. Kopfschüttelnd schauten Flora und Miri den beiden hinterher.

Da kam Lea in den Stall. »Ah, ihr hattet also auch schon das Vergnügen mit der Neuen«, stellte sie fest.

»Wer ist *das* denn?«, wollte Flora wissen.

»Victoria, genannt Vicky«, erklärte Lea in vielsagendem Ton. »Sie kommt von einem anderen Hof, der ihr aber nicht mehr gut genug war. Deswegen ist sie mit Crazy nun bei uns. Crazy ist natürlich ein suuuper Pferd und Vicky eine suuuper Reiterin. Wird sie euch bestimmt auch noch erzählen. Nathalie und sie kennen sich von ein paar Turnieren, bei denen Vicky, wie ihr euch sicher denken könnt, waaahnsinnig erfolgreich war.«

So wie Lea die Neue beschrieb, war klar, dass sie sie auch nicht leiden konnte. Wie zur Bestätigung fügte sie nun noch hinzu: »Wer Victoria heißt, kann ja nur gewinnen«, äffte sie Vickys Stimme nach. Sie verdrehte die Augen und machte das Victory-Zeichen. »Hat sie mir tatsächlich so gesagt.«

»Puh, scheint ja eine echte Bereicherung für den Reiterhof zu sein«, stellte Miri kopfschüttelnd fest.

»Du sagst es«, bestätigte Lea. »Ich kümmere mich lieber mal um Mamalus Stall.« Sie winkte den beiden zu und ging weiter.

Nathalie und Vicky – da hatten sich zwei gefunden!, dachte Flora. Bei Nathalie wusste Flora wenigstens, warum sie so war. Ihre Eltern verwöhnten sie total, weil Nathalie nicht ihr eigenes Kind, sondern adoptiert war. Doch das hatte Flora eher durch Zufall mitbekommen und lieber für sich behalten. Aber auch wenn es Erklärungen für Nathalies blöde Art gab, war das noch lange keine Entschuldigung für ihre fiesen Kommentare.

»Wen lädst du eigentlich zu deinem Geburtstag ein?«, erkundigt sich Miri, als sie Dustys Zaumzeug in

die Sattelkammer brachten. »Nathalie ja wohl nicht, oder?«

Flora zögerte. »Ich weiß nicht«, gestand sie. Eigentlich hatte sie überhaupt keine Lust auf Nathalie. Andererseits hatte sie jedoch Angst davor, wie Nathalie reagierte, wenn sie sie nicht einlud, Lea dafür schon. Auch wenn Lea jetzt mehr mit Flora und Miri machte, war sie für Nathalie immer noch Teil ihrer Clique. Lea half ihr ja auch, Aurora zu versorgen. Würde Floras Einladung Lea vielleicht in Schwierigkeiten bringen?

Bestimmt würde Nathalie wieder tagelang böse Sprüche abfeuern. Andererseits hatte Flora keine Lust, sich die Party von ihr verderben zu lassen. Schließlich freute sie sich schon so auf den Nachmittag auf der Alpakafarm. Und darauf, sich morgen mit ihrer Mutter und Miri alles einmal anzuschauen.

»Also ich lade sie nicht mehr ein«, meinte Miri. »Nur weil wir das seit dem Kindergarten machen, heißt das ja nicht, dass das bis zum Ende der Schulzeit so weitergehen muss.«

Flora nickte. Da hatte Miri recht. Aber ob Flora so mutig war? Zum Glück hatte sie noch ein paar Tage Zeit zum Überlegen, denn sie wollte ihre Einladungskarten erst nach den Ferien verteilen. Und übermorgen, an ihrem Geburtstag, würde sie nur mit ihrer Familie feiern. Klar, natürlich auch mit Miri und Zoe! Zoe, ihre frühere beste Freundin aus der Stadt, würde extra kommen und durfte sogar übernachten. Flora zählte schon die Stunden. Das würde bestimmt ein toller Geburtstags-Tag werden!

2

Flauschig weiche Alpakas

Am Abend, als der Rest der Familie Faltin längst schlief, schlich sich Flora so leise sie konnte zu Goldwing in den Garten. Wie üblich wartete ihre kleine Zaubereule hinten bei den drei alten Tannen auf sie. Ihre orange umrandeten Augen leuchteten Flora schon von Weitem entgegen. Obwohl Goldwing nun schon einige Zeit ihre Freundin war, klopfte Floras Herz immer noch vor Freude, wenn sie sie sah. Liebevoll strich sie über die braun-grau gesprenkelten Federn, die fast mit der Rinde des Baumstamms zu verschmelzen schienen. Wie zart sie sich anfühlten! Goldwing streckte den Schnabel vor und schaute Flora fragend an. Sie lächelte, denn sie wusste genau, was Goldwing wollte. *Bitte verwandle mich!*, schien das zu heißen, denn nur in ihrer Zaubergestalt konnte sie mit Flora sprechen.

Flora zog ihren Eulenring aus der Hosentasche, hielt ihn Goldwing hin und flüsterte die magischen Worte:

Zaubereule, komm herbei!

Und schon eine Sekunde später erschien ein zartes Schimmern auf Goldwings Gefieder. Zunächst war es nur ein schwach leuchtender Streif, der sich in Richtung der Spitzen ausbreitete, doch kurz darauf strahlten beide Flügel, wie wenn feiner Goldstaub auf sie herabgerieselt wäre. Voller Ehrfurcht legte Flora die

Hände darüber, als würde sie einen wertvollen Schatz berühren. Und ihre Entdeckung, dass diese kleine Eule Zauberkräfte hatte, war ja wirklich ein bisschen so, als ob sie auf einen verborgenen Schatz gestoßen wäre.

»Hallo, Flora«, unterbrach Goldwings sanfte Stimme die Stille. »Was hast du? Du siehst nachdenklich aus.«

»Ach, ich bin einfach froh, dass es dich gibt«, erwiderte Flora. »Und manchmal kann ich es eben gar nicht glauben, dass ich eine Zaubereule als Freundin habe.«

Goldwing warf ihr einen liebevollen Blick zu. »Aber so ist es, und daran wird sich nie etwas ändern.«

Flora strahlte. »Das ist, als ob man jeden Tag Geburtstag hätte!«

»Dann hast du übermorgen doppelten Geburtstag.« Flora hörte das Schmunzeln in Goldwings Stimme. »Ich bin jetzt schon gespannt auf deine Party.«

»Ja, ich auch«, sagte Flora. Da fiel ihr Nathalie ein. Wie doof sie heute wieder gewesen war! Und mit dieser Vicky fühlte sie sich nun noch cooler. Nein, Flora hatte wirklich keine Lust, Nathalie einzuladen. Auch Goldwing war der Meinung, dass sie sich von ihr nicht das Fest verderben lassen sollte.

»Aber dann wird sie bestimmt total beleidigt sein«, meinte Flora. »Und das kriege ich zu spüren, so viel ist sicher.«

»Keine Sorge, da werde ich mir was einfallen lassen«, verkündete Goldwing und reckte entschlossen die Brust vor. »Mit einer Zaubereule an der Seite können dir alle Nathalies dieser Welt nichts anhaben.«

Flora lachte. Wie lieb von Goldwing! Ja, mit einer Zaubereule an der Seite konnte einem eigentlich nichts und niemand was anhaben.

Am nächsten Morgen war es so weit. Frau Faltin fuhr mit den Mädchen zur Alpakafarm. Flora und Miri plapperten aufgeregt durcheinander, während Obstwiesen und Getreidefelder an ihnen vorüberzogen. Wie viele Tiere gab es überhaupt auf der Farm? Durfte bei ihrem Ausflug jeder eines führen, oder mussten sich zwei eines teilen? Wer würde dann mit wem zusammengehen?

»Jetzt wartet es doch ab«, meinte Frau Faltin mit einem belustigten Blick in den Rückspiegel. »Wir schauen uns das in Ruhe an. Ich war ja auch noch nie da. Wie gesagt, mir hat nur eine Kundin davon erzählt, die mit ihrer Tochter dort Geburtstag gefeiert

hat. Herr Hoppe, der Besitzer, wird uns gleich alles zeigen.«

Flora und Miri waren so gespannt. Sie kannten Alpakas bisher nur von Fotos und fanden sie einfach unglaublich süß! Flora konnte es kaum mehr erwarten, diese Tiere nun mal in echt zu sehen.

Obwohl die Farm gar nicht weit entfernt zwischen Tannenbach und einem Nachbarort lag, kam Flora die Fahrt viel zu lang vor. Doch da tauchte endlich auf einer Anhöhe ein lang gestreckter Bau auf. Davor standen im Schatten ausladender Kastanienbäume ein paar Holztische mit Bänken und in einiger Entfernung befanden sich die Parkplätze.

Kaum hatte Frau Faltin den Wagen abgestellt, trat ein Mann aus einem alten Bauernhaus. Es stand etwas abseits des Stalls und hatte einen kleinen, eingezäunten Vorgarten. Darin blühten, zwischen Hochbeeten mit Salat und Karotten, Rosen in allen Farben.

»Hallo, ich bin Herr Hoppe«, stellte sich der Mann mit einem freundlichen Lächeln vor und gab ihnen die Hand. »Wer von euch ist denn das Geburtstagskind?«

Floras Finger schoss sofort in die Höhe. »Ich!«

»Und das ist Floras Freundin Miri«, erklärte Frau Faltin und legte die Arme um die Mädchen. »Die beiden sind große Alpakafans.«

Herr Hoppe schmunzelte. »Ich auch. Deswegen ist meine Herde die letzten Jahre immer größer geworden. Ich war froh, als wir diesen Hof hier gefunden hatten und umziehen konnten. Jetzt haben wir richtig viel Platz und können bei unseren Kindergeburtstagen noch mehr bieten. Zum Beispiel einen tollen Spielplatz im Stroh, direkt im Stall. Soll ich euch den mal zeigen?«

Die Mädchen nickten begeistert und folgten Herrn Hoppe zum Stall. Als er die Holztür zur Seite schob, stockte Flora der Atem. So viele Tiere! Gatter an Gatter reihte sich aneinander.

»Wie süß!«, riefen Flora und Miri fast im Chor.

Herr Hoppe lachte. »Das sagt eigentlich jeder, der hier hereinkommt«, meinte er und durchquerte den weitläufigen Vorraum, an dessen Seiten sich hohe

Strohberge türmten. Von den Holzbalken unter der Stalldecke baumelten dicke Taue mit Knoten darin. Flora hätte sich am liebsten eines geschnappt und Tarzan gespielt. Aber noch viel lieber wollte sie jetzt eines der goldigen Tiere streicheln. Wie putzig sie aussahen mit den langen Zotteln auf dem Kopf! Als ob sie Mützen trugen, die tief über ihren schwarz glänzenden Augen hingen. Zögernd streckte Flora die Hand aus.

»Pass auf, dass du nicht angespuckt wirst«, ermahnte ihre Mutter sie.

»Alpakas spucken eigentlich nicht auf Menschen«, erklärte Herr Hoppe. »Außer sie fühlen sich von ihnen bedrängt. Dann ist das Spucken sozusagen ihre Waffe, um sich jemand auf Abstand zu halten. So legen sie auch die Rangordnung in der Herde fest.«

»Da kann es bei Pferden schon anders zur Sache gehen«, meinte Miri.

Herr Hoppe nickte. »Das stimmt. Aber Alpakas sind sehr sanftmütige Tiere. Trotzdem ist jedes für sich eine echte Persönlichkeit. Der dahinten zum Beispiel, Bruno, ist gerne der Boss.« Er deutete auf ein braunes Alpaka mit einem weißen Fleck auf der Stirn. »Und der daneben, Alex, macht gerne Quatsch.«

Herr Hoppe schnappte sich ein bisschen Heu von einer Schubkarre und hielt es über das Gatter. Sofort drängten sich die Tiere heran und schnappten danach. »Verfressen sind sie eigentlich alle«, fügte Herr Hoppe mit einem Schmunzeln hinzu. »Wollt ihr sie mal streicheln?«

Was für eine Frage! Darauf hatten die Mädchen ja nur gewartet. Vorsichtig streckte Flora die Hand nach einem strahlend weißen Alpaka aus. Wie unglaublich weich sich das Fell anfühlte!

»Die Wolle von Alpakas ist wegen ihrer besonderen Qualität sehr beliebt«, erklärte Herr Hoppe. »Daraus werden zum Beispiel herrlich warme Pullover gemacht.«

Flora mochte eigentlich keine Strickpullover, weil die meistens kratzten. Aber einen von diesen wunderschönen Alpakas hätte auch sie gerne angezogen. Immer mehr Tiere drängten sich heran. Nur ein hellbraunes mit einer weißen Brust hielt sich abseits, und als es sich doch einmal vorsichtig näherte, wurde es sofort von Bruno zur Seite gedrängt. Traurig blickte es zu ihnen herüber. Flora wollte es mit einem Büschel Heu herlocken, aber die anderen schnappten es sich weg.

»He, das war nicht für euch!«, protestierte Flora.

»Ja, Moritz hat es nicht leicht«, meinte Herr Hoppe, dem die Schubserei nicht entgangen war. »Er ist erst seit Kurzem bei uns und muss seinen Platz noch finden. Aber das braucht manchmal Zeit.« Er warf einen Blick auf die Uhr. »In einer Viertelstunde kommt schon die erste Gruppe. Habt ihr vielleicht Lust, mit der Wolle ein bisschen zu filzen? Und solange bespreche ich mit deiner Mutter noch ein paar Kleinigkeiten, Flora.«

Klar hatten Flora und Miri Lust! Herr Hoppe holte einen Beutel mit Wolle, zwei Schwämme und dicke Nähnadeln. Dann durften sie sich aus einer Tüte Ausstechförmchen aussuchen. Logisch, dass Flora sich die Eule schnappte!

Herr Hoppe zeigte ihnen, wie sie mit der Nadel immer wieder durch die Wolle in die Schwämme stechen sollten. Da musste man ganz schön aufpassen, dass man sich nicht in die Finger pikste. Während Herr Hoppe sich einige Angaben zu Floras Party notierte, arbeiteten die Mädchen schweigend vor sich hin. Nach und nach entstand tatsächlich eine kleine Eule unter Floras Händen. Wie weich sich die Wolle anfühlte! Floras Gedanken schweiften zu Goldwing ab. Ihre Federn waren zwar auch weich, aber viel zarter. Und wie wunderschön sie aussahen, wenn sie golden leuchteten! Flora hielt inne und dachte an den Moment, als ganz viele Zaubereulen mit ihren strahlenden Flügeln zusammengekommen waren. Mit vereinter Zauberkraft hatten sie es tatsächlich geschafft, das Vermächtnis der Ureule zu bewahren. Was für ein Glück! Doch leider hatten sie nicht erfahren, wie sie damals überhaupt zu ihrer Zauberkraft gekommen war. Und das hätte Flora immer noch zu gern gewusst …

3

Spannende Neuigkeiten!

Kaum war Flora mit ihrer Mutter wieder zu Hause, klingelte das Telefon. Es war Zoe! Sie wollte Flora nur schnell sagen, wann ihre Mutter sie morgen bei ihnen vorbeibringen würde. Und dann hatte sie noch Neuigkeiten, die sie Flora sofort erzählen musste. Der kleine Kauz, den sie damals im Stadtpark gerettet hatte, war nämlich auf Burg Federstein gelandet!

»Was??« Flora glaubte, sich verhört zu haben. »Woher weißt du das denn?«

»Ich habe mit meiner Mutter die Nummer von der Vogelstation herausgefunden, zu der ihn die Polizisten gebracht haben«, erklärte Zoe. »Ich wusste doch, dass du an ihn denkst, und auch ich wollte wissen, wie es ihm geht.«

Flora hätte Zoe am liebsten durch den Hörer gezogen und an sich gedrückt. Wie lieb von ihr! Sie kannte

Flora wirklich gut. Denn tatsächlich war ihr der kleine Waldkauz nicht mehr aus dem Kopf gegangen.

»Die Leute von der Vogelstation haben ihn ein paar Tage aufgepäppelt«, berichtete Zoe nun weiter. »Am Anfang hat er wohl schlecht gefressen und war sehr scheu. Sicher hat er auch seine Familie oder überhaupt andere Käuze vermisst. Aber gestern ist er zu den Luftingers gekommen, und die sind ja spezialisiert auf Eulen. Da geht es ihm bestimmt gut. Sie sollen ihn auswildern, damit er im Wald leben und dort ein neues Zuhause finden kann.« Zoe legte eine kurze Pause ein: »Rate mal, wie sie ihn genannt haben«, fragte sie dann.

»Keine Ahnung«, erwiderte Flora nach kurzem Nachdenken. Da kam sie sowieso nicht drauf. Aber so wie Zoe klang, musste der Name auf jeden Fall lustig sein.

»Johann!«, erklärte Zoe und kicherte. »Weil er im Johann-Wolfgang-von-Goethe-Park gefunden wurde.«

Flora dachte, dass sie diesen Namen eigentlich nicht sehr passend fand. Was hatte denn dieser süße Kauz mit einem Dichter zu tun, der vor Hunderten von Jahren gelebt hatte? Aber das war ja eigentlich egal, denn das Wichtigste war, dass es Johann gut ging. Floras Herz krampfte sich zusammen, als sie sich vorstellte, wie der arme Vogel einsam und ängstlich in seinem Käfig saß.

»Sobald du da bist, gehen wir nach Federstein und besuchen ihn«, verkündete sie entschlossen. Ob Johann sie wohl wiedererkannte?

»Na ja, vorher darf ich dir vielleicht noch schnell zum Geburtstag gratulieren?«, fragte Zoe.

Ein Lächeln huschte über Floras Gesicht. »Klar, das darfst du!«

Gleich nach dem Mittagessen hatte sich Flora mit Miri auf dem Reiterhof verabredet. Doch kurz bevor sie loswollte, rief Miri an und sagte ab, weil ihr was dazwischengekommen war. Auf Floras Nachfrage, was sie damit meinte, druckste sie nur komisch herum, sie müsse irgendetwas »dringend erledigen«. Flora war sauer und legte mit einem knappen »Tschüss« auf. Warum verriet Miri denn nicht, was los war?

»Sei nicht traurig, dann klappt es eben ein anderes Mal«, versuchte Frau Faltin, sie zu trösten. Doch Flora starrte nur wütend zu Boden. Darum ging es gar nicht! Sie fand es unmöglich von Miri, sie so kurz vorher mit irgendwelchen laschen Ausreden zu versetzen. Das machte man nicht unter Freunden!

»Warum kommst du nicht mit mir zum Laden?«, schlug Frau Faltin vor. »Magda hat erst gestern gesagt, dass Zorro dich vermisst. Du warst schon länger nicht mehr mit ihm spazieren. Er würde sich bestimmt riesig freuen.«

Bei dem Gedanken an den übermütigen schwarzen Labrador der Mühlenbesitzer war Flora gleich ein bisschen milder gestimmt und merkte: Auch sie vermisste Zorro!

Also fuhr sie mit ihrer Mutter zu der alten Dorfmühle, in deren Laden Frau Faltin arbeitete. Kaum waren sie angekommen, schoss Zorro über den Hof. Aufgeregt stemmte der Labrador die Pfoten in Floras Bauch und schaute hechelnd zu ihr hoch. Sie sah die Freude in seinen Augen und fand, dass es aussah, als ob er lachte.

Schnell holte Flora noch die Leine, und dann ging es los. Zorro zog ganz schön, und Flora war froh, als sie ihn bei den Wiesen loslassen konnte. Wie ein Pfeil schoss er davon, bis er plötzlich verharrte, den Kopf witternd in die Luft hielt und dann weiterraste, immer mit der Nase am Boden.

»Zorro, hiiier!«, rief Flora, doch Zorro drehte sich nicht einmal um. Oje, er musste irgendeine Spur aufgeschnappt haben! Vielleicht von einem Hasen? Schon stürzte sich Zorro hinter einen Baum und tauchte kurz darauf … mit einer Papiertüte auf! Er hielt sie mit den Vorderpfoten fest und begann, sie zu zerreißen.

»Nein, Zorro. Aus!« Flora raste los. Von wegen Hase! Sie kannte keinen Hund, der so verfressen war wie Zorro. Gerade rechtzeitig zog sie ihn weg, bevor er in ein verschimmeltes Brötchen beißen konnte.

Enttäuscht schaute er Flora an und blickte auf das Stück vertrocknete Wurst, das herausgefallen war.

»Das ist doch eklig«, sagte Flora angewidert, aber Zorro schien da anderer Meinung zu sein. Wenn sie ihn losgelassen hätte, wäre die Wurst sicher mit einem Happs in seinem Maul verschwunden.

Flora leinte ihn wieder an und ging weiter. Was für eine unglaublich feine Nase Zorro hatte! Auf so viele Meter Entfernung hatte er diesen Leckerbissen gerochen. Wenn er doch auch vermisste Kauzeltern finden könnte, dachte Flora und seufzte. Vielleicht haben sie ja irgendeine Spur hinterlassen? Ob Goldwing die wohl riechen könnte? Aber Flora hätte sie sowieso nicht in den Stadtpark bringen können. Er war ja viel zu weit weg. Doch womöglich hatte Goldwing eine andere Idee, wie sie Johanns Eltern finden konnten? Flora brannte darauf, ihr zu erzählen, dass der kleine Kauz auf Federstein gelandet war.

Tatsächlich begannen Goldwings Augen sofort zu leuchten, als Flora ihr später im Garten die Neuigkeiten verkündete.

»Wirklich, hier bei uns auf Federstein?«, fragte sie ungläubig. »Was für ein Zufall!«

»Na ja, nicht unbedingt«, meinte Flora. »Die Luftingers sind ja spezialisiert auf Eulen. Das ist schon klar, dass Johann hier besser geholfen werden kann als auf einer Vogelstation, die sich vermutlich eher um verletzte Tauben kümmert. Die Luftingers sollen ihn auswildern, damit er wieder in Freiheit leben kann.«

»Super! Dann kann *ich* mich um ihn kümmern«, freute sich Goldwing.

Flora nickte. »Das wäre gut, denn er vermisst sicher seine Familie. Der Arme! Ich will ihn auf jeden Fall gleich morgen mit Zoe besuchen. Und wer weiß? Vielleicht kannst du mit deinen Zauberkräften sogar seine Eltern finden?«

Goldwing schaute Flora verwundert an, doch dann nickte sie. »Ja, schon möglich. Da muss ich mal drüber nachdenken. Aber wir haben schließlich schon viel geschafft, sogar das Vermächtnis der Ureule bewahrt und damit Athenaria gerettet«, stellte die kleine Eule voller Stolz fest.

»Ja, genau!«, bestätigte Flora. Da fiel ihr wieder ein, was ihr heute beim Filzen durch den Kopf gegangen war. »Wir haben nur noch nicht herausgefunden, woher die Ureule ihre Zauberkraft bekommen hat.«

Goldwing hob den Kopf und blickte schweigend in den Himmel. »Ich glaube, es gibt nicht auf alle Fragen eine Antwort.«

»Könnte sein«, gab Flora zu. »Aber auf diese vielleicht doch? Irgendwann, eines Tages?«

»Du lässt nicht locker, was?«, fragte Goldwing, und Flora hörte das Schmunzeln in ihrer Stimme. »Eines Tages kann viel sein, doch wer weiß das schon. Heute, morgen und übermorgen – das ist erst einmal spannender, oder?«

Nun musste auch Flora schmunzeln. Das stimmte natürlich. Schließlich war übermorgen ihr Geburtstag! Voller Begeisterung erzählte sie Goldwing von den lustigen Alpakas und wie lieb sie waren. Außer zu dem armen Moritz. Der tat auch Goldwing leid, und sie ließ sich von Flora erklären, wo die Farm lag. Da wollte sie demnächst mal vorbeifliegen und nachsehen, ob sich der Neuling nun besser eingelebt hatte.

»Moritz soll Freunde finden, denn ohne Freunde ist doch alles nur halb so schön«, wünschte sich Flora.

Goldwing trippelte auf ihrem Zweig ein bisschen näher und drückte den Kopf gegen Floras Bauch. Ihre Augen schienen noch ein bisschen heller zu leuchten, als sie zu ihr hochblickte.

»Und mit dir als Freundin ist alles hundertmal so schön«, sagte sie leise.

Flora lachte. Mit Goldwing als Freundin war es sogar tausendmal so schön!

4

Lauter Geschichten im Kopf

»Papa, kannst du mir mal helfen?« Flora hielt ihrem Vater die aufblasbare Schwimmeule hin, die Zoe ihr vor Kurzem geschenkt hatte, als sie gemeinsam ins Schwimmbad gegangen waren. Doch jetzt hing der Kopf der Eule ganz schlaff nach unten, als ob sie todtraurig wäre.

»Ach, Flora, muss das sein?«, fragte ihr Vater, der gerade aus dem Bad kam. »Da wird mir bloß schwindelig, und nachher ist der halbe Kofferraum voller Eule.«

»Ja, das muss sein«, beharrte Flora. »Ich hab mich schon die ganze Zeit so darauf gefreut, dass wir sie mitnehmen. Einen Natursee im Wald findet die kleine Eule bestimmt noch viel schöner als das Schwimmbad.«

»Davon bin ich überzeugt«, meinte Herr Faltin, und Flora war klar, dass es ihm nicht ganz ernst war mit seiner Antwort. Seufzend nahm er das Badetier an sich. »Wenn du deiner *kleinen* Eule dann bitte sagen könntest, dass sie ihre Flügel selbst aufblasen und am besten auch gleich zum Moorsee vorfliegen soll.« Er holte tief Luft, presste das Ventil an die Lippen und pustete, so fest er konnte.

Nach und nach wurde die Eule größer und reckte bald stolz den Kopf in die Höhe. Glücklich nahm Flora sie schließlich in die Hände. Sie konnte es kaum mehr erwarten, mit ihr im Wasser zu sein!

Eine Viertelstunde später machte sich die Familie im alten Geländewagen von Floras Vater auf den Weg. Frau Faltin hatte eine große Tasche mit Proviant gepackt, wobei Herr Faltin nur gemurmelt hatte, sie wollten schließlich nicht mehrere Wochen, sondern bloß ein paar Stunden bleiben.

Doch als Flora dann mit ihrer Eule durchs Wasser ruderte, hätte sie am liebsten den Rest des Tages auf dem herrlich kühlen See verbracht. Es gab sogar eine Badeinsel mit Rutsche! Und von einem dicken Baum, der schräg übers Wasser ragte, hing ein Tau, an dem man sich durch die Luft schwingen konnte.

Schweren Herzens trennte sich Flora von diesem wunderbaren Ort, als es am Nachmittag immer voller wurde und ihre Eltern nach Hause wollten. Doch sie versprachen, bald einmal wiederzukommen.

Als die Faltins daheim ankamen, machten sie es sich im Garten gemütlich, denn in der Wohnung war es viel zu heiß.

Während Flora sich auf der Picknickdecke ausstreckte und in einer Tierzeitschrift blätterte, las ihre Mutter im Liegestuhl, und ihr Vater döste vor sich hin. Felix schob voller Begeisterung Spielzeugautos durch seine Wasserrennbahn und machte ständig quietschende Autoreifen nach, was Flora ziemlich nervig fand. Sie drehte sich auf den Rücken und schaute in den Himmel. Keine einzige Wolke weit und breit. Was für ein herrlicher Ferientag! Aber was raschelte denn da in dem alten Nussbaum? Vielleicht ein Eichhörnchen? Doch plötzlich erkannte Flora: Es war Goldwing, die dort oben in der Krone des Baums gelandet war! Mit aufgeregten Kopfbewegungen deutete sie Richtung Wald. Flora war sofort auf den Füßen. Was wollte Goldwing denn mitten am Tag bei ihnen im Garten?

»Ich geh noch schnell bei Miri vorbei«, sagte Flora zu ihrer Mutter, aber die war mittlerweile mit dem Buch auf dem Bauch eingenickt.

Felix hörte kaum hin, als Flora ihn bat, ihren Eltern Bescheid zu sagen, wo sie war. Er war völlig versunken in seine Rennbahn.

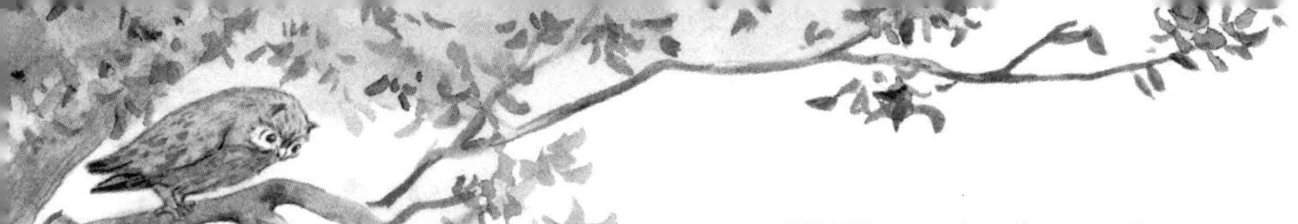

»Iiiijiiie!«, jaulte er, bevor sein Auto in die nächste Kurve schoss. Flora hatte keine Ahnung, ob das Ja heißen sollte, aber es war ihr auch egal. Hauptsache, sie kam jetzt ohne lästige Fragen weg.

Goldwing wartete bei den Obstwiesen auf sie, und Flora folgte ihr in den Wald. Selbst im Schatten der Bäume war es heiß, und Flora keuchte, während sie den Weg zur Lichtung hinauflief.

Jetzt bog Goldwing plötzlich ab und führte sie durchs Dickicht. Bis die Eule schließlich flügelschlagend vor einer Senke verharrte, die sich wie ein Trich-

ter in den Boden grub. Vorsichtig ging Flora die letzten Meter bis zum Rand, streckte den Kopf vor und sah – Moritz!

Das süße Alpaka mit der weißen Brust kauerte im alten Laub und blickte ängstlich zu Flora hoch. Da landete Goldwing neben ihr und legte fragend den Kopf schief. Flora schaute sich prüfend um, niemand war zu sehen. Sie konnte es wagen! Hektisch zog sie den Ring hervor und verwandelte Goldwing.

»Das ist Moritz, von dem ich dir erzählt habe«, stieß sie hervor, kaum, dass der letzte goldene Schimmer die Flügelspitzen erreicht hatte. »Was hat der denn hier zu suchen?«

»Keine Ahnung, ich hab ihn zufällig entdeckt«, erklärte Goldwing. »Vielleicht hat er sich verlaufen?«

»Das glaube ich nicht«, erwiderte Flora. »Schnell, frag ihn, was los ist! Nicht, dass uns jemand entdeckt.«

Goldwing flatterte zu Moritz, der beim Anblick der leuchtenden Flügel erschrocken aufsprang. Die kleine Zaubereule stieß ein paar sanfte Rufe aus, worauf Moritz noch größere Augen bekam. Dann fing er stockend an, kurze, hohe Töne von sich zu geben. Das dauerte ziemlich lange, zumindest kam es Flora so vor. Immer wieder schaute sie sich ängstlich um, ob nicht jemand kam.

Nun klang Moritz richtig aufgeregt, unruhig trat er von einem Bein aufs andere. Schließlich verstummte er und schaute traurig zur Seite.

»Was hat er denn?«, fragte Flora voller Ungeduld.

»Vorhin bei einem Ausflug hat er wohl ein bisschen getrödelt«, erklärte Goldwing. »Da haben die anderen Alpakas lauter gemeine Bemerkungen gemacht. Dabei war Moritz nur langsamer, weil er eine spannende Geschichte im Kopf hatte, und dann ist er manchmal etwas abwesend. Aber das ist ja kein Verbrechen. Bruno, der sich gern als Boss aufspielt, sieht das wohl anders. Moritz findet es gemein, dass es immer nach seinem Willen und seinem Tempo gehen muss. Und wehe, da macht einer nicht mit! Dann gibt es schnell Gemeckere, auch von den anderen. Moritz denkt, keiner kann ihn leiden. Deswegen ist er weggelaufen!«

Flora wurde es vor Schreck ganz heiß. Das klang ja richtig verzweifelt! Aber Moritz konnte doch nicht allein im Wald bleiben.

Nun meldete sich Goldwing wieder zu Wort, und Moritz blickte sie für einen Moment versonnen an. Dann antwortete er, doch nun klang er viel ruhiger und sah irgendwie verträumt aus.

»Ich habe ihn gefragt, was für Geschichten er sich

da so ausdenkt«, wandte sich Goldwing an Flora. Flora lächelte. Wie schlau von Goldwing! Nun schien Moritz nicht mehr so wütend zu sein.

»Sie handeln von den Abenteuern eines besonders mutigen Alpakas in Peru«, fuhr Goldwing nun fort. »Einmal rettet es zum Beispiel ein Alpakakind, das in einen reißenden Fluss gefallen ist. Oder es bringt seinen besten Freund bei einem furchtbaren Gewitter in einer Höhle in Sicherheit. Ich finde, das klingt wirklich spannend. Da kann ich verstehen, dass Moritz manchmal nicht so bei der Sache ist. Aber die anderen können ja nicht ahnen, welche Heldentaten ihm gerade durch den Kopf spuken! Und sie können auch nicht alle immer auf ihn warten.«

»Und wenn er seine Geschichten im Stall erzählt?«, schlug Flora vor. »So hätten die anderen auch was davon. Und das wäre doch auch für Moritz schöner, als sie nur für sich zu behalten.«

»Das stimmt«, pflichtete Goldwing ihr bei und berichtete Moritz von Floras Idee. Doch der schüttelte nur den Kopf und fiepte vor sich hin.

»Moritz glaubt nicht, dass die anderen sich für seine Geschichten interessieren«, erklärte Goldwing. »Dieser Bruno ganz sicher nicht. Nein, Moritz will auf keinen Fall zurück.«

»Aber er kann nicht allein hierbleiben«, protestierte Flora.

»Hab ich ihm auch gesagt«, erwiderte Goldwing. »Ein Alpaka braucht seine Herde, und bestimmt wird schon nach ihm gesucht. Aber Moritz meint nur, ich hätte ja auch keine Herde.«

Flora seufzte und schüttelte den Kopf. Warum war Moritz nur so stur? Er könnte wenigstens versuchen, mit den anderen zu reden. Aber wenn *er* es nicht tat … dann könnte das Goldwing doch!

»Sag ihm, dass wir heute Nacht gemeinsam zur Farm gehen«, bat sie. »Dann kannst du den Alpakas erklären, warum Moritz trödelt. Ich bin sicher, wenn sie ihn verstehen, dann sind sie auch netter zu ihm. Und umso mehr, wenn sie sehen, dass eine Zaubereule seine Freundin ist!«

Goldwing nickte, aber Moritz schien nicht sehr überzeugt von Floras Plan zu sein.

»Er meint, bei Bruno könnte nicht mal eine Zaubereule was ausrichten«, erklärte Goldwing.

»Das glaube ich nicht!«, widersprach Flora und ballte entschlossen die Hand zur Faust. »*Wenn* jemand bei ihnen was bewegen kann, dann du!«

5

Neue Freunde

Als Flora daheim ankam, war ihre Mutter schon in der Küche mit dem Geburtstagskuchen beschäftigt. Flora durfte ein bisschen mithelfen, aber vor allem wollte sie natürlich von dem leckeren Teig naschen.

»Den Rest schaffe ich alleine«, meinte ihre Mutter, als sie die Backform in den Ofen schob. »Schließlich soll der Kuchen noch eine Überraschung sein. Und das Wohnzimmer ist jetzt topgeheimes Geheimgebiet! Da packe ich nämlich gleich deine Geschenke ein.«

Bei dem Gedanken an die hoffentlich vielen Päckchen wurde Flora ganz kribbelig. Würde sie die neuen Turnschuhe bekommen, die sie so gerne haben wollte? Und was war mit dem Rest ihrer Wunschliste? Doch sosehr Flora ihre Mutter auch löcherte, sie verriet kein Sterbenswörtchen.

»Papa, kannst du mir mit meinem Geschenk helfen?«, fragte Felix da und zog Herrn Faltin in sein Zimmer. »Betreten verboten!«, rief er Flora noch zu, bevor er die Tür mit einem lauten Wums zuschlug.

Flora stand etwas verloren auf dem Gang herum. Sie beschloss, schon mal Zoes Matratze für morgen herzurichten, denn an ihrem Geburtstag hatte sie für so was absolut keine Zeit. Da musste sie schließlich ihre Geschenke auspacken, ganz viel Kuchen essen, und dann wollten sie ja noch nach Federstein. Das würde ein toller Tag werden! Aber richtig perfekt wäre er erst, wenn sie es heute Nacht schafften, Moritz zu helfen.

Flora atmete erleichtert auf, als schließlich alle ins Bett gingen. Ihre Mutter schaute noch mal schnell zu Flora rein.

»Schlaf gut in dein neues Lebensjahr«, wünschte sie ihr leise. Flora nickte und lächelte. Wenn ihre Mutter wüsste …

Flora zählte die Minuten auf ihrem Wecker, bis es endlich ganz still war. Dann zog sie sich leise an und schlich nach draußen. Sie kletterte über den wackligen Zaun am Ende des Gartens, lief über die Wiesen und musterte dabei suchend den Waldrand. Da löste sich ein Schatten aus den Bäumen, und Goldwing kam angeflogen. Dahinter sah Flora etwas Weißes zwischen den Stämmen aufblitzen – Moritz! Gemeinsam machten sich die drei auf den Weg. Flora war dankbar um die dicht stehenden Tannen. Sie schützten sie vor fremden Blicken, auch wenn so spät vermutlich niemand mehr unterwegs war.

Als sie die Farm erreicht hatten, hielten sie sich erst eine Weile versteckt. Aber in dem alten Bauernhaus waren die Lichter erloschen, und auch das Stallgebäude lag verlassen da. Flora verwandelte Goldwing und betrat mit Moritz die Wiese. Je näher sie dem Stall kamen, desto langsamer wurde er. Flora ging zu ihm und legte den Arm um seinen Hals. Sie ahnte, wie schwer es Moritz fiel, hierher zurückzukehren. Zögernd folgte er ihr, doch als sie die Stalltür zur Seite schieben wollte, stellte sie erschrocken fest: Sie war verschlossen!

Alarmiert blickte Flora hoch zu Goldwing, die flügelschlagend in der Luft verharrte.

»Ich schau mich mal um«, raunte sie Flora zu und flog los. Flora versteckte sich mit Moritz neben dem Stall, damit die Hoppes sie vom Haus aus nicht sehen konnten, falls sie zufällig aufwachten. Trotzdem hatte sie ein mulmiges Gefühl im Bauch und war froh, als Goldwing nur wenig später zurückkehrte.

»Da ist ein Spalt zwischen Dach und Stallwand, durch den ich reinkommen kann«, berichtete sie.

Flora fiel ein Stein vom Herzen. Was für ein Glück!

»Wartet am besten am Waldrand auf mich«, fuhr

Goldwing fort und rief auch Moritz ein paar kurze »Huhs« zu, bevor sie wieder verschwand.

Schnell gingen Flora und Moritz zurück und standen schweigend nebeneinander. Moritz trat unruhig von einem Bein aufs andere, und Flora wünschte sich, sie könnte mit ihm reden. Aber sie war ja selbst ganz nervös. Warum dauerte das denn so lange?

Da tauchte Goldwing endlich wieder auf. Noch bevor sie auf einem der Zweige gelandet war, rief sie Flora zu: »Es ist alles gut!«

»Juhu!«, jubelte Flora und schlug sich sofort die Hand vor den Mund. Nicht, dass sie die Hoppes aufweckte. Glücklich strahlte sie Goldwing an. »Dann kann Moritz also wieder zurück?«

Goldwing nickte. »Die Alpakas waren richtig froh, dass es Moritz gut geht. Sie hatten sich schon Sorgen gemacht. Und jetzt haben sie auch verstanden, dass er nicht trödelt, um sie zu nerven. Ein paar haben sogar gemeint, sie würden sich gerne mal eine Geschichte anhören. Und mit Bruno hab ich zum Schluss unter vier Augen gesprochen. Er ist eigentlich ganz nett, fühlt sich eben nur für alles verantwortlich, weil er der Älteste ist. Er sieht Moritz nun anders und will genauso wie die anderen, dass er zurückkommt.«

»Das ist ja super!« Flora riss vor Freude beide Arme in die Luft. Und auch in Moritz' Augen trat ein Leuchten, als Goldwing ihm alles erzählte. Glücklich strahlte er die kleine Eule an. Sie wollte mit ihm hier warten, bis er morgen früh zurück in den Stall konnte. Flora drückte Moritz zum Abschied noch mal ganz fest an sich. Bald schon durfte er seine Geschichten erzählen – so viele er wollte!

Goldwing begleitete Flora bis zum Waldrand und landete auf einem Baumstumpf, damit Flora sie verwandeln konnte.

»Nur noch ein paar Stunden, dann kann ich dir gratulieren«, freute sich die Eule. »Ein kleines Geschenk habe ich auch für dich.«

»Aber du hast mir doch schon was geschenkt«, erwiderte Flora. Und als Goldwing sie fragend anschaute, fügte sie lächelnd hinzu: »Na, dass es Moritz wieder gut geht!« Sie drückte Goldwing einen Kuss genau zwischen ihre puscheligen Ohren. »Du bist eben die beste Zaubereule der Welt. Selbst, wenn es diesmal gar keine Magie gebraucht hat.«

Goldwing nickte. Sie fuhr mit ihrem Flügel über das Freundschaftsband an Floras Handgelenk und schaute Flora glücklich an.

Nun würde auch Moritz Freunde haben. Was gab es Schöneres?

6

Endlich Geburtstag!

Glücklich ließ sich Flora kurze Zeit später in ihr Bett fallen. Obwohl sie sich mit einem Schlag sehr müde fühlte, konnte sie trotzdem nicht einschlafen. So lange hatte sie auf ihren Geburtstag gewartet, die Tage gezählt, und nun konnte sie es kaum glauben, dass es morgen schon so weit war. Warum war es nicht möglich, die Uhr anzuhalten, damit so ein Geburtstags-Tag nicht so schnell vorbei war?

Schließlich dämmerte Flora dahin und träumte von Alpakas, die ihr ein Geburtstagsständchen summten. Und von Goldwing, die sie auf ihren Flügeln durch einen strahlend blauen Spätsommerhimmel trug, auf dem Minigugelhupfe sanft im Wind schaukelten. Flora versuchte, die Hand danach auszustrecken, sie waren doch ganz nah, gleich würde sie sich einen schnappen …

»Guten Morgen, Geburtstagskind«, riss sie da die Stimme ihrer Mutter aus den Träumen. Flora presste die Augen zusammen und tat so, als ob sie noch

schliefe. Sie wollte diesen Moment noch ein kleines bisschen auskosten …

»Happy Birthday to you …«, drang es da an ihr Ohr. Flora linste über die Bettdecke. Da stand ihre Familie, und alle drei strahlten mit den Kerzen auf dem Geburtstagskuchen um die Wette.

»Wie schön, dass du geboren bist, wir hätten dich sonst sehr vermisst«, stimmten sie jetzt an und brachten den Kuchen zu Flora ans Bett. Wie lecker der aussah! Ihre Mutter hatte noch lauter kleine Eulen aus Marzipan in die Schokoglasur gesteckt. Und vorne drauf brannten zwei dicke Einser. Juhu, endlich elf Jahre, dachte Flora stolz.

Da sprang Felix auf ihr Bett und zog ihr die Decke weg. »Alles Gute zum Geburtstag!«, rief er. Auch Floras Eltern gratulierten und nahmen sie ganz fest in den Arm.

»Willst du deinen Kuchen in die Küche bringen?«, fragte Frau Faltin. »Dort wartet ein richtig schönes Geburtstagsfrühstück auf dich. Mit selbst gepresstem Orangensaft und frischen Brötchen.«

»Und natürlich das eine oder andere Geschenk«, fügte Floras Vater betont beiläufig hinzu. »Aber vielleicht willst du mit dem Auspacken ja noch warten?«

»Auf keinen Fall!«, rief Flora, schnappte sich ihren

Kuchen und trug ihn vorsichtig vor sich her, damit die Kerzen nicht ausgingen. Die musste sie ja später ausblasen.

An ihrem Platz am Küchentisch brannten elf Teelichte, und dazwischen hatte ihre Mutter, wie jedes Jahr, bunte Blütenblätter gestreut. Auf einem extra Stuhl lagen schön verpackt Floras Geschenke. Flora schnappte sich gleich das Päckchen von Oma Griech mit den vielen Briefmarken drauf. Ihre Oma hatte immer tolle Ideen, und auch diesmal hatte sie voll ins Schwarze getroffen. »Die ist ja schön!«, freute sich Flora und betrachtete die Umhängetasche mit den bunten Eulenköpfen von allen Seiten.

»Und superpraktisch, wenn du mal nur eine Kleinigkeit besorgen möchtest«, meinte ihre Mutter.

»Oder vielleicht das hier mitnehmen willst«, fügte ihr Vater hinzu und hielt Flora grinsend das nächste Geschenk hin.

Ungeduldig löste Flora das Seidenband und riss das Papier auseinander. Eine Sofortbildkamera – in Flamingorot!

»Da kann man alle besonderen Momente gleich in der Hand halten!«, verkündete ihr Vater und richtete die Linse auf Flora vor dem Geburtstagstisch. Er drückte auf den Auslöser, und kurz darauf spuckte die

Kamera ein kleines Bild aus. Beim Anblick von Floras ziemlich verdutztem Gesicht mussten alle lachen.

»Ich will auch mal!«, rief Felix und wollte seinem Vater die Kamera aus der Hand nehmen. Doch der streckte den Arm in die Luft, sodass Felix nicht drankam.

»Später darfst du mal, aber jetzt soll Flora erstmal auspacken«, vertröstete ihn Herr Faltin.

Flora wandte sich dem Rest der Geschenke zu. So viele tolle Sachen waren dabei: ein hübsches T-Shirt mit Wendepailletten, ein Witzebuch und die neuen Turnschuhe, die sie sich gewünscht hatte. Zum Schluss war nur noch eine Papierrolle übrig. Gespannt öffnete Flora sie und erkannte gleich die Handschrift ihres Vaters: »Gutschein zum Geburtstag für eine Eulennacht im Kloster«, stand da. Lauter süße Stickereulen hatte er auch noch daraufgeklebt.

»Ich dachte, wenn *du* Geburtstag hast, dann brauchen wir unbedingt ein Eulengeschenk«, erklärte er schmunzelnd und reichte ihr einen Prospekt. Fotos von allen möglichen Eulen sprangen Flora ins Auge. Schneeeulen, Schleiereulen, große Uhus und süße kleine Käuze.

Darunter stand: *Lernen Sie die faszinierende Welt der Eulen kennen – als unvergessliches Erlebnis im historischen Gemäuer des Barockklosters Lurchingen. Lauschen Sie spannenden Geschichten über diese wunderschönen Tiere, die an dem Abend zum Anfassen nah sein werden.*

»Oh, das klingt ja toll!« Flora freute sich riesig! Sie hatte noch nie eine Schneeeule in echt gesehen und auch die meisten anderen Eulen nicht, die auf den Fotos abgebildet waren. Eine saß sogar bei einem Kind auf dem Arm, und beide blickten mit großen Augen in die Kamera.

Da drückte ihr Felix sein Geschenk in die Hand. »Das passt dazu«, meinte er. Jetzt war Flora aber gespannt. Sie brauchte ganz schön lang, bis sie das Päckchen geöffnet hatte, das mit mehreren Lagen Klebestreifen umwickelt war. Felix hatte beim Einpacken ganze Arbeit geleistet. Schließlich hatte Flora es geschafft und zog einen hübsch bemalten Holzbilderrahmen heraus.

»Da kannst du dann ein Foto von dir mit einer Eule reinmachen«, erklärte Felix. »So wie in dem Prospekt.«

Flora lächelte. »Gute Idee, danke!«

Noch viel schöner wäre natürlich ein Foto von ihr und Goldwing, dachte sie. Ach, wenn sie nur hier bei ihr am Tisch sitzen und ein bisschen mitfeiern dürfte!

»Können wir jetzt endlich den Kuchen anschneiden?«, bettelte Felix.

Frau Faltin lachte. »Aber erst muss Flora die Kerzen auspusten. Und sich natürlich vorher was wünschen.«

Flora presste fest die Augen zusammen. Eine Stimme in ihrem Inneren flüsterte: »Es soll alles so bleiben, wie es ist.«

Dann holte sie tief Luft und blies die Kerzen aus, alle elf auf einmal. Und anschließend ließen sie sich den köstlichen Kuchen schmecken. Glücklich blickte Flora auf all ihre Geschenke. Am liebsten hätte sie jeden Tag Geburtstag gefeiert!

Die Faltins frühstückten lange, und es war schon ziemlich spät, als Flora sich endlich anzog. Sie bürstete sich gerade die Haare, als es an der Tür klingelte. Es war Miri! Freudestrahlend gratulierte sie Flora. »Ich konnte nicht länger warten. Und mein Geschenk auch nicht«, fügte sie verheißungsvoll hinzu.

Flora war eigentlich noch ein bisschen sauer, weil Miri sie versetzt hatte. Aber als sie in die leuchtenden Augen ihrer Freundin sah, war alles vergessen.

»Wo hast du es denn?«, fragte sie mit einem Blick auf Miris leere Hände.

»Auf dem Reiterhof!«, verkündete Miri und lachte

bei Floras erstauntem Gesicht. »Komm, ich hab alles vorbereitet.«

Das klang ja spannend! Flora spürte, wie sie vor Aufregung ganz kribbelig wurde. Was hatte Miri sich denn ausgedacht?

Als sie auf dem Hof ankamen, bekam Flora große Augen. Dort stand Sarah mit Benni, der aussah wie ein Zirkuspferd. Oder eher wie … ein Geburtstagspferd! Seine Mähne war zu Zöpfen geflochten, in denen silbernes Lametta glitzerte. Auf seinem Stirnriemen prangte mit glitzernden Klebebuchstaben »Happy Birthday«, und auf den Hals waren bunte Herzchen gemalt.

»Hab ich alles gestern und heute gebastelt«, verkündete Miri stolz. »Deswegen musste ich unsere Verabredung absagen, denn das ›Happy Birthday‹ war gar nicht so einfach. Sarah hat mir geholfen.«

»Alles Gute auch von mir«, wünschte Sarah nun und drückte Flora an sich. »Der hübsche Benni ist natürlich nicht nur zum Anschauen. Nein, unser Geschenk ist ein gemeinsamer Ausritt. Und wir starten … jetzt!« Mit einem breiten Grinsen hielt sie ihr die Zügel hin.

Flora konnte es fast nicht glauben. »Danke!«, war alles, was sie herausbrachte. Sie war richtig gerührt

und musste erst mal den dicken Kloß in ihrem Hals herunterschlucken. Wie lieb von Miri und Sarah! Und als sie dann über die Wiese Richtung Wald trabten und Flora auf das Lametta in Bennis Mähne blickte, das in der Sonne glitzerte, dachte sie: Schöner kann ein Geburtstag nicht sein.

7

Johann auf Federstein

Verschwitzt und strahlend kam Flora nach Hause. Aufgeregt berichtete sie ihren Eltern von dem tollen Ausritt und wie hübsch Benni ausgesehen hatte.

»Du könntest dich auch ein bisschen hübscher machen«, meinte Frau Faltin und strich Floras verschwitzte Haare aus der Stirn. »Wie wäre es mit einer Dusche? Sonst rümpfen die Eulen auf Federstein noch die Nase.«

Grummelnd begab sich Flora ins Bad. Kein Vogel auf der Burg würde sich an ein bisschen Stallgeruch stören. Aber heute war kein Tag für Diskussionen.

Sie war gerade fertig, als Zoe mit ihrer Mutter vor der Tür stand. Beide strahlten, drückten Flora an sich und gratulierten. Zoe überreichte ihr eine weiße Karte, auf die sie lauter bunte Blümchen gemalt hatte. *Ein Jahr lang Post!*, stand darauf.

»Von jetzt an bekommst du bis zu deinem nächsten Geburtstag jede Woche eine Postkarte von mir«, erklärte Zoe. »Damit du mich nicht vergisst.«

»Ach Quatsch! Das würde ich nie!«, rief Flora lachend und nahm Zoe in den Arm.

»Na ja, ich will nur sichergehen«, erwiderte Zoe. »Und falls du mir auch schreiben willst, dann haben wir noch was für dich.«

Damit überreichte Frau Schulte Flora ein Päckchen Postkarten mit schönen Tiermotiven darauf. Das war ja eine tolle Idee! Flora bedankte sich und verschwand gleich mit Zoe in ihrem Zimmer.

Nachdem Frau Schulte ein bisschen mit Floras Mutter geredet und ein Stück Geburtstagskuchen probiert hatte, verabschiedete sie sich. Es war fast 15 Uhr und Flora brannte darauf, endlich nach Federstein zu kommen. Schnell steckte sie noch die neue Kamera in ihre Tasche von Oma Griech. Zoe und sie bei den Eulen – das war doch perfekt für ein Foto!

Wie immer in den Ferien war einiges los auf der Burg. Staunend trat Zoe durch das hohe Eingangstor mit seinen mächtigen Holzflügeln, während Floras Vater die Eintrittskarten kaufte.

Dann gingen sie über den Burghof und an der Gartenwirtschaft vorbei nach hinten zu den Volieren. Hier fanden sie den alten Herrn Luftinger, der gemeinsam mit seinem Sohn für den Greifvogelpark zuständig war. Er war gerade dabei, frischen Sand in einem der Käfige zu verteilen.

»Hallo! Schön, dass ihr wieder einmal da seid«, begrüßte er die Faltins, die er schon von früheren Besuchen kannte.

»Ich habe meine Freundin Zoe aus der Stadt mitgebracht«, erklärte Flora. »Als ich sie vor Kurzem besucht habe, haben wir im Park einen Kauz gerettet, der wohl aus dem Nest gefallen war. Und Zoe hat herausgefunden, wo der nun gelandet ist. Nämlich hier auf Federstein! Stimmt das?«

»Ach, ihr meint sicher Johann, unseren Jüngsten? Kommt, ich zeige ihn euch.« Herr Luftinger führte sie an den Volieren entlang über einen kreisrunden, gepflasterten Platz. Dort übte sein Sohn Max mit einem ihrer Schützlinge das Jagen. Er ließ gerade ein Stück Fleisch an einer Schnur über den Boden hüpfen und schaute in den Himmel, wo ein Falke lautlos seine Kreise zog. Mit einem Mal klappte er die Flügel ein, schoss wie ein Pfeil nach unten und schnappte sich den Leckerbissen.

»Wow!«, rief Zoe. »Der ist ja schnell!«

»Ja, Falken gehören zu den schnellsten Vögeln«, bestätigte Herr Luftinger. »Sie können über 200 Stundenkilometer fliegen. Da halten sie locker auf jeder Autobahn mit.«

Flora schüttelte ungläubig den Kopf. Dass ein Vogel schneller war als ein Auto! Nun hatte der Falke fertig gefressen, flatterte auf die Burgmauer und schaute ins Tal.

»Sieht aus, als ob er gleich davonfliegen würde«, meinte Flora.

»Das kommt schon mal vor«, erwiderte Herr Luftinger. »Aber die Vögel, die es gewöhnt sind, von uns ihr Futter zu bekommen, bleiben meistens nicht lange fort. Das ist eher ein Problem, wenn man Jungvögel auswildert, denn die sollen ja nicht zu früh in die Freiheit, sondern erst, wenn sie es allein schaffen können.«

»Und wie lange wird das bei Johann dauern?«, wollte Flora wissen.

Herr Luftinger zuckte die Schultern. »Das kann man nicht sagen. Er muss auf jeden Fall noch ein bisschen größer und kräftiger werden. Aber momentan frisst er nicht sehr gut. Kommt, gehen wir zu ihm.«

Herr Luftinger führte sie ein paar Meter weiter, bis er vor einer recht kleinen Voliere stehen blieb. Flora dachte zuerst, sie sei leer, aber dann entdeckte sie einen Flügel hinter einem hohen Baumstumpf.

»Johann, Johann«, lockte Herr Luftinger. Der Kauz trat hinter seinem Versteck hervor, kam jedoch nur ein paar Schritte näher. Schnell zog Flora ihre Kamera aus der Tasche. Johann sah so süß aus! Das musste sie unbedingt festhalten. Gemeinsam betrachteten die drei das Bild, das der Apparat mit einem surrenden Geräusch in Floras Hand schob.

»Geht es ihm gut?«, wollte sie von Herrn Luftinger wissen.

Der nickte. »Ja, so weit schon, aber er ist noch ziemlich ängstlich.«.

»Bestimmt vermisst er seine Eltern«, meinte Zoe mitfühlend.

»Ich weiß nicht, ob Eulen wirklich wie Menschen traurig sein können«, erwiderte Herr Luftinger. »Aber Johann hatte auf jeden Fall keinen leichten Start. Normalerweise leben Eulenkinder viel länger bei ihren Eltern. Die zeigen ihnen das Jagen und Fliegen, bis sie sich irgendwann selbst ein Revier suchen. Sich das alles von Menschen beibringen zu lassen, ist schwierig.

Ich hoffe, dass uns das bei Johann gelingt. Aber dazu muss er Vertrauen zu uns finden.«

Flora hätte Johann am liebsten sofort geschnappt und ihn zu Goldwing gebracht. Ihr würde Johann vertrauen, und sie hätte ihm bestimmt alles beibringen können, was ein Kauz wissen musste. Ja, bei Goldwing wäre Johann auf jeden Fall glücklicher als hier. Aber das konnte Flora Herrn Luftinger ja nicht sagen.

8

Johann erinnert sich

Auf dem Heimweg war Flora ziemlich schweigsam, während Zoe Frau Faltin erzählte, was sie in den Ferien alles gemacht hatte. Doch Flora hörte Zoe nur mit halbem Ohr zu, als sie von irgendwelchen Klettertouren und Planschereien in einem eiskalten Bergsee berichtete. Sie musste dauernd an den armen Johann denken! Wie verschüchtert er da hinter dem Baumstumpf gehockt hatte. Wenn sie ihm nur hätte sagen können, dass Goldwing und sie alles daransetzen würden, ihm zu helfen. Sie beschloss, heute Nacht zur Burg zu gehen, damit Goldwing mit Johann sprechen konnte. Dann würde er vielleicht neue Hoffnung schöpfen.

»Wo fahren wir denn hin?«, schaltete sich Felix da ein. »Hätten wir nicht hier abbiegen müssen?«

»Ja, hätten wir«, gab Herr Faltin ihm recht. »Aber an Floras Geburtstag darf ein Essen mit Eule natürlich nicht fehlen«, meinte er und grinste durch den Rückspiegel nach hinten zu den Kindern.

»Wir gehen zu Herrn Weiß?«, fragte Flora erstaunt.

Ihr Vater nickte. »In der Goldenen Eule ist schon ein Tisch für uns gedeckt!«

»Eine goldene Eule?« Zoe schaute Flora verwundert an, und die erzählte ihr von dem Großvater des heutigen Wirts, der ein großer Eulenfreund gewesen war. Dass er wie Flora auch eine Zaubereule als Freund gehabt hatte, konnte sie natürlich nicht erwähnen. Wie schade!

Als sie das Gasthaus betraten, kam Herr Weiß gleich auf sie zu und gratulierte Flora. Dann führte er sie zu ihrem Lieblingsplatz mit der gemütlichen Eckbank. »Extra für dich heute alles schön eulig«, verkündete er stolz und deutete auf den Tisch. Dort standen lauter süße Eulenfiguren: große und kleine, aus Holz oder Porzellan, sogar ein Pfeffer- und Salzstreuer war dabei. Flora wusste, dass dies ein Teil der Sammlung des Großvaters war, die sonst auf dem Brett über den Zapfhähnen stand. Selbst an Servietten mit goldigen Eulen hatte Herr Weiß gedacht.

»Das sieht toll aus!«, freute sich Flora und strahlte.

Auch Floras Eltern und Zoe fanden den Tisch wunderhübsch dekoriert. Nur Felix maulte herum, als sie ihre Bestellung aufgegeben hatten.

»Den ganzen Tag diese Eulerei«, beschwerte er sich

und seufzte. »Hätte ich nur meinen Fußball mitgenommen, dann könnte ich jetzt ein bisschen draußen kicken.«

»Du wirst es schon aushalten, bis dein Schnitzel kommt.« Frau Faltin warf Felix einen warnenden Blick zu. Das hieß: *Jetzt keine schlechte Stimmung verbreiten!*

Felix schmollte und schnappte sich Herrn Faltins Handy, das auf dem Tisch lag. »Kann ich wenigstens Fotos gucken?«, fragte er und begann herumzutippen, ohne die Antwort seines Vaters abzuwarten. Doch er kam nicht rein.

»Wieso geht das nicht?«, fragte er ärgerlich.

»Ab jetzt nur noch mit Fingerabdruck«, erklärte Herr Faltin grinsend. Er hielt seinen Daumen auf das Display, sagte »Sesam öffne dich«, und schon war er drin.

»Das ist gemein!«, maulte Felix.

»Tja, nur ich habe den Zauberfinger«, erwiderte Herr Faltin und tippte Felix mit dem Daumen auf die Nase.

Felix schüttelte den Kopf, während er über die ersten Fotos wischte. Dann fand er die von ihrem Ausflug an den See. »Schau mal, das war cool«, sagte er und zeigte Zoe, wie er an dem dicken Tau über dem

Wasser hing. Voller Begeisterung erzählten er und Flora, was sie alles gemacht hatten.

»Bitte, Mama, können wir da morgen mit Zoe nicht noch mal hin?«, bettelte Flora.

Doch Frau Faltin schüttelte den Kopf. »Ich habe Martina versprochen, dass ich Zoe morgen um die Mittagszeit nach Hause bringe. Ihr fahrt doch dann noch zu deiner Tante«, erinnerte sie Zoe.

»Ach ja, stimmt.« Zoe seufzte geknickt.

»Aber wir holen das nach«, versprach Floras Mutter. »Wir wollten sowieso noch mal hin. Und dann kommst du einfach mit.«

Zoes Augen leuchteten. »Das wäre toll!«

Da brachte Herr Weiß die ersten Schnitzel, und in einem steckte ein Fähnchen mit Eule. »Das größte ist heute für dich«, sagte er und stellte den Teller vor Flora auf den Tisch. Wow! Das Schnitzel war riesig! Aber die anderen beiden waren eigentlich nicht viel kleiner.

»Na, das könnte für dein nächstes Lebensjahr reichen«, meinte ihre Mutter, und Flora grinste. »Zumindest mal bis morgen«, erwiderte sie und schob sich den ersten Bissen in den Mund. Mmmh, köstlich!

An diesem Abend fielen Flora und Zoe pappsatt in ihre Betten. Flora freute sich schon darauf, wie früher mit Zoe noch heimlich zu tuscheln, aber sie merkte bald, dass sie sehr müde war. Und auch Zoe gähnte ständig und sprach immer stockender. Schließlich sagte sie gar nichts mehr, und Flora hörte an ihren gleichmäßigen Atemzügen, dass sie eingeschlafen war. Flora zwang sich, die Augen offen zu halten. Nein, *sie* durfte nicht einschlafen! Sie wollte doch zu Goldwing. Sicher wartete ihre Eule schon auf sie.

Endlich verstummten die letzten Geräusche im Haus und Flora schlich nach draußen. Tatsächlich, Goldwing war bereits da! Aber was hielt sie denn da in ihren Krallen? Es sah aus wie ein Stück Holz! Als sie es Flora in die Hand legte, erkannte sie: Es war nicht einfach nur ein Stück Holz, nein, ein Herz war darauf eingeritzt!

»Oh, Goldwing, wie schön!« Flora wurde es ganz warm vor Freude. Goldwing öffnete den Schnabel, als wollte sie etwas sagen, aber sie konnte ja nicht. Da verwandelte Flora sie schnell.

»Alles Gute zum Geburtstag!«, platzte Goldwing sofort heraus.

»Danke!«, erwiderte Flora zärtlich. »Was für ein tolles Geschenk!«

Ein Leuchten trat in Goldwings Augen, doch dann blickte sie beschämt zur Seite. »Du hast heute bestimmt viel tollere Geschenke bekommen. Aber eine Eule kann ja nicht einfach in einen Laden spazieren und was Hübsches kaufen. Und basteln oder malen kann ich genauso wenig. Aber so, wie du mir das Freundschaftsband gemacht hast, wollte auch ich dir etwas schenken, was von Herzen kommt.«

Versonnen legte Goldwing ihren Flügel über Floras Handgelenk. Der goldene Schein der Federn umhüllte das Freundschaftsband, sodass es fast selbst zu leuchten schien. Als ob es ein kostbares Schmuckstück wäre und Teil von Goldwings Magie.

»Es war gar nicht so leicht, das Herz auf das Holz zu kriegen«, unterbrach Goldwings Stimme Floras Gedanken. »Ich habe einige Versuche gebraucht.«

Flora nahm Goldwing hoch und drückte sie zärtlich an sich. »Ein Herz von meiner Zaubereule – das ist das schönste Geschenk überhaupt. Ich werde gut darauf aufpassen!«

»So wie ich auf dein Armband«, versicherte Goldwing und klang etwas vernuschelt, weil Flora sie noch immer an sich drückte. Sie setzte sie wieder zurück in den Baum. »Weißt du, wenn ich dich manchmal tagsüber vermisse, nehme ich das Armband in den Schnabel. Dann habe ich das Gefühl, dass du ein bisschen bei mir bist.«

»Oh ja, das wäre ich gerne«, meinte Flora und lachte. »Irgendwo ganz weit oben in deiner Lieblingstanne, wo du es versteckt hast. Das wäre cool!«

»Was hast du denn sonst noch bekommen?«, wollte Goldwing wissen. Da erzählte ihr Flora von ihren Geschenken und natürlich auch von dem Besuch auf Federstein.

»Können wir nicht gemeinsam hingehen, damit du Johann sagst, dass wir ihm helfen wollen?«, bat sie.

Goldwing nickte. »Ich kann natürlich bei ihm vorbeifliegen, aber du kommst ja nachts da nicht rein.«

»Ich will aber trotzdem mit, um dich zu verwandeln«, erwiderte Flora. Goldwing schaute sie erstaunt an.

»Klar brauchst du deine Zaubergestalt nicht, um mit Johann zu reden«, beeilte sich Flora zu erklären. »Ihr als Eulen versteht euch ja auch so. Doch wenn er dich mit deinen goldenen Flügeln sieht und weiß, dass du ihm mit deinen Zauberkräften helfen willst, dann ist er bestimmt nicht mehr so traurig.«

Goldwing nickte. »Ja, vielleicht haben ihm seine Eltern von Zaubereulen erzählt? So wie meine das bei mir getan haben. Dann weiß Johann, dass wir da sind, um anderen zu helfen. Auch ihm.«.

»Genau, das musst du ihm unbedingt noch mal sagen«, bat Flora. »Und dass wir alles daransetzen werden, um seine Eltern zu finden. Er soll dir auf alle Fälle jede Kleinigkeit erzählen, an die er sich erinnert. Ein bisschen muss er doch schon herumgeflogen sein. Gab es da vielleicht etwas Besonderes in der Nähe? Einen Bach? Oder einen Wasserfall? Jeder Hinweis ist wichtig.«

»Alles klar, das mache ich!«, versprach Goldwing.

»Dann komm, worauf warten wir?« Flora zog entschlossen den Reißverschluss ihrer Jacke hoch.

»Du meinst, jetzt gleich?«, fragte Goldwing ungläubig. »Bist du denn nicht zu müde nach dem heutigen Tag?«

Flora schüttelte den Kopf. »Nein, und ich könnte jetzt sowieso nicht schlafen. Johann tut mir so leid! Je eher er weiß, dass wir ihm helfen wollen, desto besser.«

Schnell verwandelte sie Goldwing, und die Eule flog sofort los. Immer ein Stück voraus, bevor sie wieder auf Flora wartete. Wenn sie doch nur auch fliegen könnte! Dann wären sie viel schneller, und außerdem wäre sie auch in die Burg reingekommen. Aber so blieb Flora nichts anderes übrig, als im Schatten der hohen Mauern auszuharren, nachdem sie Goldwing verwandelt hatte. Sie blickte ihren glitzernden Flügeln nach, die sich wie ein Knäuel von goldenen Sternschnuppen über den Nachthimmel bewegten. Voller Unruhe wartete Flora, und es kam ihr wie eine halbe Ewigkeit vor. Da endlich tauchte Goldwing wieder auf.

»Und? Was hat er gesagt?«, wollte Flora sofort wissen, kaum, dass Goldwing auf einem Mauervorsprung neben ihr gelandet war.

»Er hat erst mal große Augen gemacht, als ich mit meinen leuchtenden Flügeln da bei ihm vor dem Käfig saß«, erzählte Goldwing. »Seine Eltern haben ihm zwar tatsächlich von Zaubereulen erzählt, aber er hat noch nie eine gesehen. Zuerst war er ziemlich sprachlos, aber als ich ihm erklärt habe, dass wir ihm helfen wollen, ist es richtig aus ihm herausgesprudelt: Wie sehr er seine Eltern vermisst und dass er sie unbedingt wiederfinden will. Und wie er es hasst, eingesperrt zu sein. Ich habe ihm versucht zu erklären, dass die Luftingers nur sein Bestes wollen und ihn wieder freilassen werden, wenn er stark genug ist. Aber er hat gemeint, das sei er jetzt schon.«

»Konnte er sich denn an etwas erinnern, was uns weiterhilft?«, fragte Flora.

»Er weiß nur, dass sein Nest in einem hohlen Baum gewesen ist«, erklärte Goldwing. »Und dass in der Nähe ein See war, aus dessen Mitte Wasser hochgeschossen ist. Tagsüber seien dort immer wieder Menschen hingekommen. Und auch zu einem riesigen Baum in der Nähe. Aber sonst konnte er sich an nichts Besonderes erinnern.«

Flora dachte nach. »Das mit den Leuten und der Wasserfontäne hört sich nach dem Park an, der neben der Eisdiele liegt«, meinte sie dann. »Aber der ist so groß, wie sollen wir da jemals Johanns Nest finden? Und wie sollst du denn überhaupt dorthin kommen? Ich kann ja schlecht meine Mutter fragen: ›Könntest du mich mal bitte mit meiner Eule in die Stadt fahren?‹.«

Goldwing spitzte die Ohren. »Hast du nicht gesagt, dass deine Mutter morgen Zoe zurückbringt?« Flora nickte und schaute Goldwing verwundert an.

»Kannst du sie nicht überreden, mit euch in den Park zu gehen? Vielleicht hast du ja Glück und findest das Nest in der Nähe des Sees und dieses Baums?«

Flora nickte. »Ja, das könnte ich versuchen. Und was soll ich tun, wenn ich es gefunden habe?«

Goldwing starrte nachdenklich vor sich hin. »Keine Ahnung, aber vielleicht findest du was, das uns weiterbringt?«

Flora schaute ihre Zaubereule entschlossen an. Sie würde ihre Augen nach jedem Hinweis offen halten, und sei er noch so klein. Hoffentlich kehrte sie nicht mit leeren Händen zurück!

9

Flora auf der Suche

Am nächsten Morgen war Zoe vor Flora wach. Flora hörte, wie sie sich streckte und gähnte, aber sie wollte nicht aufstehen, sie war viel zu müde. Also kniff sie die Augen zusammen und drückte den Kopf noch ein bisschen tiefer ins Kissen. Doch Zoe hielt es nicht lange allein aus.

»Flora!«, rief sie leise. »Bist du wach?«

Flora brummte vor sich hin. »Jetzt schon.«

»Sorry, ich wollte dich nicht wecken. Ich möchte nur nicht, dass wir zu spät zum Reiterhof kommen. Miri hat doch gesagt, wir sollen um zehn Uhr da sein.«

Flora blinzelte zu ihrem Wecker hinüber. »Es ist erst halb neun.«

Trotzdem sprang Zoe sofort auf und zog sich an. Flora lächelte. Zoe liebte Pferde, aber in der Stadt konnte sie nicht einfach zum Reiterhof radeln wie Flora, und ihrer Mutter war die Fahrerei zu viel. Deswegen war Sarahs Zeltlager mit Pferden für sie wie der Himmel auf Erden gewesen. Und jetzt hatte Miri ihr versprochen, heute noch auf Dusty reiten zu dürfen. Da wollte sie natürlich keine Minute verpassen.

»Das sieht toll aus«, stellte Zoe mit einem bewundernden Blick auf Dustys funkelndes Zaumzeug fest, als sie Miri wenig später auf dem Außenreitplatz trafen.

»Finden wir auch«, erwiderte Miri und lächelte Flora zu. »Aber die Geschmäcker sind verschieden.« Damit nickte sie in Richtung Stall, aus dem gerade Nathalie und Vicky traten.

Miri sprang aus dem Sattel und reichte Zoe die Zügel. »Hier, du bist dran.«

Ein Leuchten trat in Zoes Augen, und Flora wusste, wie sehr sie sich freute. Ganz aufrecht und mit hoch erhobenem Kopf ritt sie los. Flora und Miri lehnten am Zaun und schauten ihr zu.

»Alles Gute nachträglich zum Geburtstag«, erklang es plötzlich hinter ihnen. Nathalie! Da stand sie und hielt Flora die Hand hin. Zuerst war sie ziemlich verdutzt, aber dann streckte auch sie die Hand aus.

»Danke!« war alles, was sie herausbrachte.

»Ich habe gestern von dem Ausritt mit Sarah gehört«, fuhr Nathalie fort. »War bestimmt schön.«

Flora und Miri nickten. »Ja, das war es«, bestätigte Flora.

»He, Nathi, wo bleibst du denn?«, erklang es da vom Putzplatz. Vicky winkte mit der Bürste.

Nathalie winkte zurück, aber sie wirkte nicht gerade begeistert. »Bis später«, murmelte sie und ging wieder.

»Nathi«, äffte Miri Vickys Stimme nach, als Nathalie außer Hörweite war. »Klingt echt nach best best friends.«

Flora nickte. Aber eigentlich fand sie es ganz nett, dass Nathalie ihr noch gratuliert hatte.

Als sie um die Mittagszeit Zoe wieder nach Hause brachten, war es drückend heiß im Auto. Flora zog eine Wasserflasche aus ihrer neuen Umhängetasche und nahm einen großen Schluck.

»Mama, können wir nicht noch kurz im Venezia vorbeigehen?«, bat sie ihre Mutter. Flora wusste, dass Frau Faltin nicht Nein sagen würde, denn schließlich gab es hier das beste Eis weit und breit. Da konnte auch ihre Mutter nicht widerstehen. Doch als sie sich an eines der Tischchen setzen wollte, zog Flora sie weiter. »Komm, lass uns in den Park gehen. Da ist es schattiger.«

Ihre Mutter warf einen Blick auf die Uhr. »Na gut, ein paar Minuten haben wir.«

Flora wäre am liebsten sofort losgerannt. Nur widerwillig passte sie sich dem Schneckentempo an, in dem ihre Mutter und Zoe durch den Park schlenderten, während sie genüsslich ihr Eis aßen. Sie mussten nicht sehr weit gehen, da tauchte hinter einem Hügel schon der See auf. Zischend schoss das Wasser aus seiner Mitte hoch und verteilte sich sprühend in alle Richtungen. Und ein Stück entfernt fiel Flora auch gleich der riesige Baum ins Auge. Es war alles so, wie Johann es beschrieben hatte. Nur, dass Bagger herumstanden, sich frischer Kies auf den Wegen türmte und einige Bäume umgesägt danebenlagen.

Flora sah sich erschrocken um. Hoffentlich war nicht der Baum mit Johanns Nest dabei!

»Kommt, gehen wir in die andere Richtung«, meinte Frau Faltin und wandte sich ab. Da kam eine Ente mit vier Küken laut schnatternd über den Weg gewatschelt. Brav trotteten die Kleinen hinter ihrer Mutter

her, bevor sie eine nach der anderen ins Wasser hüpften. Frau Faltin ging mit den Mädchen ans Ufer und schaute ihnen nach. Wie lustig es aussah, wenn die Küken ihre Köpfe ins Wasser steckten und sich dann jedes Mal kräftig schütteln mussten. Flora nutzte den Moment, um sich davonzustehlen, denn einer der umgesägten Bäume war ihr ins Auge gestochen. Genauer gesagt, ein Loch mit ein paar hell gesprenkelten Flaumfedern, die sich in der zerfurchten Rinde verfangen hatten.

Flora schob sich eilig ihr Eis in den Mund. Sie brauchte beide

Hände, um dieses Loch zu untersuchen! Schnell kniete sie sich hin und streckte vorsichtig die Hand aus. Sie musste sich ein bisschen überwinden. Hoffentlich wuselte da nicht irgendwelches Ungeziefer herum. Aber sie spürte nur bröseliges Holz, Federn und weiche Knäuel mit harten Splittern darin. Solche Knäuel kannte sie von Fotos aus dem Eulenbuch ihres Vaters. Das war das, was Eulen nicht verdauten und wieder von sich gaben. Also handelte es sich tatsächlich um ein Eulennest! Aber war es das von Johanns Familie? Flora wusste, dass Eulen immer ihr eigenes Revier hatten, und bestimmt gab es hier am See keine zwei davon. Flora ertastete eine größere Feder und zog sie heraus. Sie war braun-grau gesprenkelt, wie das Gefieder eines Kauzes. Die wollte sie Johann mitbringen.

Und auch ein paar Blätter von diesem Baum, den er erwähnt hatte. Der stand ja nur ein paar Meter entfernt.

Auf dem kleinen Messingschild davor las Flora: *Ginkgobaum, 1849 zu Ehren des Dichters Johann Wolfgang von Goethe gepflanzt. In Erinnerung an sein berühmtes Gedicht über das Ginkgoblatt, Sinnbild für Liebe und Freundschaft. Mögen sie und dieser Baum lange leben!*

Flora hob ein paar Blätter vom Boden auf. Mit der Einkerbung in der Mitte hatten sie fast die Form eines Herzens. Womöglich hatte Goethe deswegen den Ginkgo für sein Gedicht ausgewählt?

Nachdenklich betrachtete Flora die Feder und die Blätter. Damit hatte sie zwar für Johann etwas in der Hand, aber wie brachte sie das bei ihrer Suche nach seinen Eltern weiter? Ohne Nest und bei dem Baulärm hatten sie doch bestimmt das Weite gesucht. Aber vielleicht kamen sie hin und wieder her, weil sie hofften, dass Johann zurückgefunden hatte? Dann sollten sie wenigstens wissen, dass es ihm gut ging. Am liebsten hätte Flora einen Brief geschrieben, den Kauzeltern alles erklärt und ihnen auch gesagt, dass sich eine Zaubereule um ihr Junges kümmerte. Doch leider konnten Käuze ja nicht lesen. Sollte sie trotzdem irgendwas für sie dalassen? Aber was?

Da fiel ihr plötzlich das Foto ein, das sie gestern von Johann gemacht hatte. Das musste doch noch in ihrer neuen Tasche sein. Hektisch nestelte Flora darin herum und stieß tatsächlich auf das kleine Bild mit dem jungen Kauz. Das war es! Floras Herz begann vor lauter Aufregung, ganz wild zu schlagen. Wenn Johanns Eltern dieses Bild sahen, dann wussten sie, dass es ihm gut ging. Und dass er nicht zu ihnen zurückkehren konnte, weil er gefangen gehalten wurde. Schnell schob Flora das Bild in das Loch im Baum. Hoffentlich fanden es Johanns Eltern auch!

Als sie den Arm wieder herauszog, fiel ihr das Freundschaftsband an ihrem Handgelenk ins Auge. Das hatte Goldwing schon so oft berührt. Gestern hatte es sogar richtig geleuchtet, als sie ihre goldenen Federn darübergelegt hatte. Vielleicht konnte Flora Johanns Eltern auf diese Weise sagen, dass eine Zaubereule hier ihre Flügel im Spiel hatte? Fast hatte sie das Gefühl, als schimmerte das Armband noch immer ein wenig. Konnten Johanns Eltern das sehen?

Einer plötzlichen Regung folgend, streifte Flora das Armband ab und legte es in die Nisthöhle. Mit einem Mal fühlte sich ihre Hand ganz nackt an, als ob ihr etwas fehlte. Sie hatte dieses Armband so lange getragen, es war irgendwie ein Teil von ihr. Und es war mehr als das, denn es war ein Zeichen ihrer Freundschaft zu Goldwing. Wenn die Kauzeltern diesen Hinweis auf die Zaubereule nun gar nicht verstanden und sie sich umsonst von ihm trennte? Würde Goldwing sauer sein, dass sie das Armband hergegeben hatte? Nein, das konnte Flora sich nicht vorstellen. Es war schließlich das Einzige, was sie im Moment für Johann tun konnte.

10

Der Finde-Wunsch

»Flora, wo bleibst du denn? Jetzt komm schon!« Zoe stand neben Frau Faltin am See und winkte. Flora schob vorsichtig die Blätter und die Feder in ihre Umhängetasche, dann ging sie schnell zu den beiden zurück.

»Was hast du denn da gemacht?«, wollte Zoe sofort wissen.

»Ich glaube, ich habe Johanns Nest entdeckt. Da drüben, das Loch in dem umgesägten Baum.« Flora deutete auf den dicken Stamm, der neben dem Weg lag.

»Echt?« Zoe blickte Flora mit großen Augen an. »Das will ich sehen!«

»Wir sind schon spät dran«, gab Frau Faltin mit einem Blick auf die Uhr zu bedenken.

»Es ist eigentlich bloß ein Loch, nicht besonders aufregend«, beeilte sich Flora zu sagen. Auch ihr war es lieber, dass Zoe sich das Nest nicht anschaute, sonst fand sie noch Floras Armband und das Foto!

Als sie wenig später Zoe zu Hause ablieferten, trennten sich die Mädchen nur schweren Herzens voneinander. »Du musst mich unbedingt anrufen, wenn es Neuigkeiten von Johann gibt«, bat Zoe. »Vielleicht lassen die Luftingers ihn ja wirklich bald frei.«

»Klar, mache ich«, versprach Flora und drückte Zoe zum Abschied noch mal ganz fest an sich. Wie würde es wohl mit Johann weitergehen?

Flora konnte es kaum erwarten, sich abends mit Goldwing zu treffen. Aufgeregt erzählte sie ihrer Zaubereule von dem Besuch im Park. Sie zeigte ihr auch die Feder und die Blätter, die sie für Johann mitgebracht hatte.

»Die sehen wirklich aus wie ein Herz«, stellte Goldwing fest. »Johann wird sich freuen, dass du sein Nest gefunden hast. Ich fliege gleich bei ihm vorbei und erzähle ihm alles. Die Feder könnte ich doch für ihn mitnehmen? Als Beweis sozusagen.«

Flora nickte, doch sie bemerkte Goldwings nachdenklichen Blick. »Er weiß dann zwar, dass du dort gewesen bist, aber das bringt uns bei der Suche nach den Eltern leider kein Stückchen weiter.«

»Na ja, vielleicht schon«, druckste Flora ein bisschen herum. Ihr war ein bisschen mulmig zumute,

Goldwing von dem zurückgelassenen Armband zu erzählen. Doch zum Glück war ihre kleine Eule kein bisschen sauer.

»Das war eine super Idee!«, rief sie stattdessen. »Womöglich kommen die Eltern ja wirklich zurück und spüren, dass das von uns kommt. Dass das ein Zeichen ist. Ja, vielleicht«, Goldwing stockte kurz und schaute Flora mit großen Augen an, »vielleicht führt dieses Armband sie sogar zu uns? Mit irgendeiner geheimen Magie?«

Flora spürte, wie ihr Herz bei diesem Gedanken zu hüpfen begann. Ja, das konnte doch sein! Die Kauzeltern wussten immerhin von Zaubereulen, denn sie hatten Johann von ihnen erzählt. Spürten sie, dass Floras Armband ein Zeichen der Freundschaft zu einer Zaubereule war? Vielleicht hatte es doch ein bisschen Zauberkraft von Goldwings Flügeln abbekommen? Eine Kraft, die den Eltern nun helfen würde. Aber wie?

Als Flora sich später unter ihre Decke kuschelte, stellte sie sich die Kauzeltern mit ihrem Freundschaftsband vor. Wie sie es mit ihren Schnäbeln ergriffen und sich fragend anschauten. Mit diesem Bild im Kopf schlummerte sie dahin. Sie träumte davon, wie Johann und seine Eltern sich wiederfanden. Wie die drei sich voller Freude aneinanderdrückten und immer wieder glückliche Rufe erklingen ließen. So klar konnte Flora sie hören, als ob sie direkt neben ihnen stünde. Doch da war noch ein Geräusch. Es war eher ein leises Klopfen … Und es hörte nicht auf!

Verwirrt kam Flora zu sich. Da! Da war es wieder. Und jetzt auch ein kurzes, vorsichtiges »Huh«. Flora war mit einem Schlag hellwach. Das klang ja nach Goldwing! Sie schoss in die Höhe, ihr Blick wanderte nach draußen. Und da sah sie ihre Zaubereule auf dem Fensterbrett sitzen mit der Feder für Johann im Schnabel!

In Windeseile war Flora auf den Beinen, um Goldwing hereinzulassen. Mit einem einzigen lautlosen Flügelschlag landete sie auf Floras Schreibtisch. Flora nahm ihr die Feder ab und holte schnell ihren Eulenring. Mit zitternder Stimme murmelte sie die Worte des Verwandlungszaubers und es kam ihr diesmal wie eine halbe Ewigkeit vor, bis ihre Eule mit golden schimmernden Flügeln vor ihr saß. Flora kniff sich kurz ins Bein, um sicherzugehen, dass sie nicht träumte. Aber nein, das alles passierte wirklich! Noch nie zuvor war Goldwing zu ihr ins Zimmer gekommen.

»Was ist denn los?«, flüsterte Flora. Ihr Herz

hämmerte vor lauter Aufregung wie wild gegen ihre Rippen.

Goldwing schaute sie einen Moment lang schweigend an, dann begann sie, mit zitternder Stimme zu erzählen: »Ich habe Johann die Feder gegeben, aber dadurch wurde er nur noch verzweifelter. Er wollte unbedingt sofort aus seinem Käfig, um in den Park zu fliegen. Richtig angefleht hat er mich! Als ich ihm gesagt habe, dass ich das Schloss ja gar nicht öffnen kann, ist er wütend geworden. ›Warum bist du dann überhaupt eine Zaubereule?‹, hat er gerufen. Ich habe

versucht, ihn zu beruhigen, und ihm erklärt, dass es für ihn viel zu weit ist, bis in die Stadt zu fliegen. Und dass er ja auch das Jagen erst lernen muss. Aber Johann meinte, dass ihm das alles ganz egal ist. ›Bei der nächsten Gelegenheit bin ich weg‹, hat er gesagt.«

Die Worte waren nur so aus Goldwing herausgesprudelt. Ihre Stimme verriet, wie aufgewühlt sie war. Nun holte sie erst einmal Luft, stieß einen langen Seufzer aus und blickte Flora voller Sorge an.

Auch Flora war zutiefst beunruhigt. Was war, wenn die Luftingers nun Flugversuche mit Johann durchführten und er wirklich verschwand? Und Flora konnte die beiden nicht einmal warnen, denn woher sollte sie denn von Johanns Plänen wissen?

Unruhig begann sie, in ihrem Zimmer auf und ab zu laufen. Irgendwas mussten sie tun! Sie konnten doch nicht tatenlos abwarten, bis der junge Kauz tatsächlich verschwand.

Da fiel Floras Blick auf die Feder in ihren Händen. »Wollte Johann die gar nicht haben?«

Goldwing schüttelte den Kopf. »Er hatte Angst, dass die Luftingers sie aus dem Stall fegen. Aber er hat immer wieder mit dem Flügel darübergestreichelt und dabei so traurig ausgesehen, dass mir fast das Herz gebrochen ist. Wenn ich wenigstens zu ihm gekonnt hätte! Er ist einfach noch zu klein, um da alleine im Käfig zu sitzen.«

Auch Flora spürte einen dicken Kloß im Hals bei dem Gedanken an das einsame Kauzkind. Ach, wüsste sie doch nur, wo seine Eltern waren!

»Kannst du nicht deinen Flügel einmal an die Feder dranhalten und dann ganz fest an Johanns Eltern denken?«, bat sie Goldwing. »Vielleicht bekommen wir so einen Hinweis?«

Goldwing blickte unsicher zwischen der Feder und Flora hin und her. Sie sah nicht besonders überzeugt aus, nickte dann aber.

Flora hielt ihr die Feder hin, und Goldwing streckte zögerlich den Flügel danach aus. Dann schloss sie die Augen. Flora wünschte sich mit aller Macht, dass irgendetwas passierte. Da! Hatte sie nicht kurz einen schwachen Schein gesehen? Doch jetzt war er schon wieder verschwunden. Oder hatte sie sich das nur eingebildet? Enttäuscht blickte sie auf die Feder, und auch Goldwing ließ nun den Flügel sinken.

»Die Herrscherinnen können doch von Athenaria aus alles im Blick behalten. Sie beobachten alles, was wir tun. Wie machen sie das? Und warum kannst du das nicht?«, beklagte sich Flora. »Dann könnten wir Johanns Eltern sehen!«

»Die Herrscherinnen können das, weil sie die Herrscherinnen sind«, erklärte Goldwing. »Bei gewöhnlichen Zaubereulen funktioniert das offensichtlich nicht. Auch nicht bei vermissten Kauzeltern.«

»Und wenn doch?«, beharrte Flora. Goldwing schüttelte den Kopf über Floras Sturheit.

»Na ja, vielleicht nicht einfach nur so«, beeilte sich Flora zu erklären. »Sicher braucht es schon irgendwas Magisches dazu. Aber was?«

Goldwing schaute durchs Fenster auf den funkelnden Sternenhimmel und schwieg. Ihre Ohren zuckten dabei vor und zurück, wie immer, wenn sie nachdachte.

»Warum kommt nicht wenigstens Aspiro, um uns zu helfen?« Flora seufzte. »Glauben die Herrscherinnen etwa, wir schaffen das allein? Obwohl wir außer einem verlassenen Nest nichts haben?«

»Eigentlich sind wir gar nicht allein«, meinte Goldwing und sah sie mit ihren großen, orange umrandeten Augen an. »Du kannst doch morgen Emil anrufen und ihm alles erzählen. Womöglich haben er und Hibu eine Idee? Und ich versuche, Amigo aufzuspüren. Und die Waldohreule, die uns damals den Weg zu der Höhle bei der Steinplatte gezeigt hat. Wenn wir keine Hilfe aus Athenaria bekommen – dann holen wir uns die Hilfe der anderen Zaubereulen! Möglicherweise können die uns ja einen Tipp geben? Auf jeden Fall sollen alle die Augen nach den Kauzeltern offen halten.«

»Das klingt nach einem Plan!« Flora war dankbar, dass sie etwas tun konnte. Sie mussten Johanns Eltern finden, das wünschte sie sich so! Und vielleicht hatten sie ja Glück, und es hatte tatsächlich eine Zaubereule Erfahrung mit so einem Finde-Wunsch?

11

Schlechte Nachrichten

Gleich am nächsten Morgen rief Flora Emil an. Er freute sich, Flora zu hören, und erzählte sofort, was er in den Ferien alles erlebt hatte. Er wusste ja nicht, was der Grund für Floras Anruf war.

»Wir müssen uns treffen«, raunte sie schließlich in den Hörer, falls Felix mal wieder an der Tür lauschte. Für einen kurzen Moment herrschte Schweigen. So lange, bis Emil begriffen hatte, dass Flora nicht einfach nur so anrief.

»In einer halben Stunde am Turm?«, flüsterte er zurück.

»Geht klar!« Flora war froh, dass Emil so schnell Zeit hatte. »Danke«, sagte sie noch, doch da tutete es schon in der Leitung.

Flora beeilte sich, aus der Wohnung zu kommen. Ihre Mutter war nur schnell beim Bäcker, und Flora legte ihr einen Zettel hin, dass sie kurz bei Miri war.

Mit raschen Schritten ging Flora quer über die Wiesen und dann eine Zeit lang am Waldrand entlang, bis sie zu dem Schotterweg kam, der Richtung Turm führte. Hier war sie das letzte Mal gewesen, als sie und Goldwing von Dareia, der Herrscherin aus Athenaria, eine silberne Feder geschenkt bekommen hatten. Emil und sein Zauberkauz Hibu waren auch dabei gewesen.

Schon sah Flora die Spitze des Turms zwischen den Bäumen emporragen. Ein Blick auf die Uhr verriet ihr, dass sie zehn Minuten zu früh war. Sie hatte sich viel zu sehr beeilt. Aber als sie aus dem Wald kam und auf die Lichtung trat, war Emil schon da. Erwartungsvoll sah er Flora entgegen. Sie spürte, wie ihr Herz bei Emils Anblick vor Freude zu klopfen begann. Wie schön, einen Freund zu haben, der sofort zur Stelle war. Und der auch noch wie sie ein Eulenfreund war! Nur, dass er seine Eule nicht mit einem Ring, sondern mit einer alten Münze verwandelte.

Die beiden vergewisserten sich, dass sie alleine waren, dann setzten sie sich auf die Bank vor dem Turm, und Flora erzählte Emil alles.

»Glaubst du, dass Zaubereulen mit anderen Eulen irgendwie in Kontakt treten können, selbst, wenn die ganz weit weg sind? Dass zum Beispiel Goldwing mit den Kauzeltern das könnte? Hast du so was schon mal mitbekommen?« Flora schaute Emil gespannt an.

Emil überlegte. »Mit Hibu konnte Goldwing das auf jeden Fall. Weißt du noch, wie sie ihren Schnabel an meine Münze gehalten und Hibu damit den Weg zur Sternwarte gewiesen hat?«

Flora schaute Emil erstaunt an. Das stimmte! Daran hatte sie gar nicht mehr gedacht.

»Aber Hibu und Goldwing – das sind ja beides Zaubereulen. Und die Münze hatten wir auch«, wandte Flora ein. »Das war was von dir, was dich und Hibu verbunden hat.«

»Na ja, dein Freundschaftsband ist genauso was zwischen dir und Goldwing«, meinte Emil. »Vielleicht hat es bei Johanns Eltern ja irgendeine Wirkung?«

Flora wurde ganz kribbelig. Ihr Gedanke war also doch nicht so abwegig gewesen. Auch Emil glaubte, dass das Freundschaftsband helfen konnte. Vorausgesetzt, die Kauzeltern hatten es überhaupt entdeckt.

»Ich rufe jetzt gleich Zoe an und bitte sie, zu Johanns Nest im Park zu gehen. Irgendein Grund dafür wird mir schon einfallen. Sie muss nachschauen, ob das Band noch da ist.«

»Und wenn nicht?«, erkundigte sich Emil.

»Dann müssen wir versuchen, ob wir mit Goldwings Band irgendeinen Kontakt zu den Eltern herstellen können«, murmelte Flora nachdenklich.

Emil nickte. »Hibu würde euch sicher gerne dabei helfen. Je mehr Zauberkraft, desto besser! Auf jeden Fall werde ich ihm alles erzählen, damit er Bescheid weiß und die Augen offen hält«, versprach Emil. »Er soll auch den anderen Eulen von Johann erzählen.«

»Ich bin so froh, dass ihr uns helft. Danke!« Flora stand auf. Sie musste jetzt dringend nach Hause. Emil versprach, sich sofort zu melden, falls es etwas Neues gab.

Als Flora daheim ankam, war zum Glück niemand da. Sie rief sofort Zoe an und erklärte ihr, dass Johann die Feder seiner Eltern sehr aufmerksam untersucht habe und dass sie ihm noch mehr »Nesterinnerung« schenken wollte. Diese Idee war Flora auf dem Heimweg gekommen, und sie fand sie ziemlich überzeugend.

»Klar, ich bringe alles, was ich finden kann«, versprach Zoe sofort. »Schön, wenn wir Johann damit eine Freude machen können! Und ich gehe nachher sowieso mit meiner Mutter in die Stadt. Da können wir kurz im Park vorbei.«

»Super!«, freute sich Flora. »Kannst du mich anrufen, wenn du noch was gefunden hast?«

»Klar, mach ich«, versprach Zoe.

Da kam Frau Faltin zurück mit zwei großen Einkaufstaschen in der Hand. »Flora, kommst du bitte mal?«, rief sie.

»Ich muss Schluss machen«, sagte Flora zu Zoe und verabschiedete sich schnell.

»Kannst du Felix bitte mit den restlichen Tüten helfen?«, fragte Frau Faltin.

Flora ging nach unten und trug vier weitere Taschen die Treppen hoch. Da kam auch ihr Vater aus der Praxis im Erdgeschoss. Er verstaute die Sachen im Kühlschrank, während Frau Faltin sich ums Mittagessen kümmerte.

Flora und Felix verkrümelten sich. Zu viert war es in der kleinen Küche viel zu eng. Schwungvoll warf Felix seine Zimmertür hinter sich zu, doch Flora stockte. Hatte sie da nicht gerade den Namen »Johann« gehört? Sie ging zurück zu ihren Eltern.

»Wenn er nicht schnell gefunden wird, hat er keine sehr guten Chancen«, hörte sie ihren Vater sagen.

Flora fuhr der Schreck in alle Glieder. »Hat wer keine guten Chancen?«, wollte sie von ihrem Vater wissen.

Erstaunt schaute er hinter der Kühlschranktür hervor. »Das … das war eigentlich gar nicht für deine Ohren bestimmt«, druckste er herum.

»Was ist mit Johann? Nun erzähl schon!«

Herr Faltin seufzte. »Die Luftingers haben ihn heute Morgen zum ersten Mal fliegen lassen. Und er hat die Gelegenheit sofort genutzt – weg war er. Max Luftinger hat mich angerufen, damit ich ihm Bescheid sage, falls mich jemand zu einem verletzten oder geschwächten Kauz ruft.«

Flora schaute ihren Vater fassungslos an. »Aber er kann ja kaum richtig fliegen. Und jagen kann er auch nicht. Was soll er denn da ganz allein im Wald machen?«

Ihr Vater nahm sie in den Arm. »Ich weiß es nicht. Hoffen wir einfach, dass er schnell wieder zurückkommt.«

Doch Flora wusste: Das war völlig ausgeschlossen!

12

Zwei Vögel am Himmel

Beim Mittagessen brachte Flora kaum einen Bissen herunter. Sie war froh, als ihr Vater wieder in der Praxis verschwand und ihre Mutter sich mit Felix daran machte, seinen Schreibtisch aufzuräumen und die Hefte fürs nächste Schuljahr zu beschriften. Flora wusste, dass die beiden eine ganze Weile beschäftigt sein würden.

»Ich gehe in den Garten«, sagte sie, aber ihre Mutter reagierte kaum. Mit spitzen Fingern zog sie ein verschimmeltes Stück Apfel aus Felix' Schultasche.

Flora atmete auf, als die Haustür hinter ihr ins Schloss fiel. Jetzt schnell zur Lichtung! Goldwing musste sofort von Johanns Verschwinden erfahren. Kaum hatte Flora die verfallenen Mauerreste im Wald erreicht, fing sie an, ihr Lied zu singen. Das hatte sie sich selbst einmal ausgedacht und es Goldwing zum Geburtstag geschenkt. Aber mittlerweile war es ihr Erkennungszeichen geworden. Damit rief Flora ihre Eule, wenn sie sie unbedingt sehen und nicht bis abends warten wollte.

Auch heute kam Goldwing zum Glück ziemlich schnell angeflogen. Beunruhigt schaute sie Flora an. Sie ahnte bestimmt schon, dass sie keine guten Nachrichten hierherführten. Als Flora sie verwandelt und ihr alles erzählt hatte, waren Goldwings Augen voller Sorge.

»Ich fliege sofort los und suche Johann«, verkündete sie. »Ich bin sicher, dass er irgendwo in der Nähe von Federstein ist, so weit kommt er ja noch gar nicht.«

»Du musst ihn finden! Alleine ist er verloren!« Flora wurde ganz schwer ums Herz, wenn sie an Johann dachte.

Goldwing hüpfte ein bisschen näher und fuhr mit ihrem glitzernden Flügel über Floras Hand.

»Du kannst dich auf mich verlassen«, versprach sie.

Zärtlich schaute Flora ihre Eule an. Ihr entschlossener Blick stimmte sie ein bisschen zuversichtlicher. Bevor Goldwing sich auf den Weg machte, erzählte ihr Flora noch von dem Treffen mit Emil und bat sie, heute Abend das Freundschaftsband mitzubringen.

»Vielleicht kannst du damit ja tatsächlich irgendwie eine magische Verbindung zu Johanns Eltern herstellen? Vorausgesetzt, sie haben es überhaupt mitgenommen. Aber das erfahre ich heute noch von Zoe.«

»Alles klar«, erwiderte Goldwing und streckte den

Kopf vor in Richtung Ring. »Mach schnell, ich muss mich beeilen.«

Flora nickte und verwandelte Goldwing zurück. Sie verlor keine Sekunde und flatterte sofort davon. »Viel Glück!«, rief Flora ihr noch nach, aber da war Goldwing schon zwischen den Bäumen verschwunden.

Zu Hause angekommen, schnappte sich Flora sofort das Telefon. Sie musste Emil von Johann erzählen, damit Hibu nach ihm Ausschau hielt.

»Klar, ich sag ihm Bescheid«, versprach Emil. »Und nach den Kauzeltern wird er auch die Augen offen halten, genauso wie die anderen Eulen, denen er von ihnen erzählt hat.«

»Danke« war alles, was Flora herausbrachte. Obwohl nicht nur Goldwing und Hibu, sondern noch mehr Eulen mithalfen, wäre Flora am liebsten selbst durch den Wald gestreift. Aber das war ja sinnlos, die Eulen konnten aus der Luft viel besser suchen als sie. Außerdem war sie gleich mit Miri zur Reitstunde verabredet. Eigentlich hatte Flora gar keinen Kopf dafür, aber so spät absagen – das konnte sie nicht machen.

Flora wollte sich gerade umziehen, da klingelte das Telefon. Sie dachte schon, dass Emil vielleicht etwas vergessen hatte, aber es war Zoe.

»Flora, bei dir war dauernd besetzt!«, beschwerte sie sich. »Ich wollte dir unbedingt sagen, dass ich in Johanns Nest noch eine große und mindestens acht kleinere Federn gefunden habe.«

»Wirklich?«, fragte Flora. »Das ist toll! Und sonst war nichts drin?« Sie hoffte, dass man ihrer Stimme die Aufregung nicht anhörte.

»Was meinst du?« Zoe klang verwirrt. »Halt altes Moos und Holzstückchen.«

»Ach so, ja klar«, erwiderte Flora und tat so, als ob das eine doofe Frage von ihr gewesen wäre. Aber am liebsten hätte sie *Super!* gerufen. Denn nun war sie sicher: Das Armband war bei den Kauzeltern. Vielleicht schaffte Goldwing es durch ihre Zauberkräfte ja tatsächlich, ihnen damit den Weg zu Johann zu weisen. Aber dazu mussten sie ihn erst einmal finden!

Als Flora wenig später den Reiterhof erreichte, putzten Nathalie und Vicky gerade ihre Pferde. Flora hörte schon von Weitem, wie Vicky wieder mit ihren Turniererfolgen prahlte. Konnte die überhaupt von was anderem reden?

Flora sagte nur leise »Hi« und verschwand gleich im Stall, um Benni fertig zu machen. Sie führte ihn aus der Box und band ihn fest, denn sie hatte keine Lust, sich draußen neben die beiden Mädchen zu stellen. Doch Benni spielte heute mal wieder seine Spielchen. Beim Hufeauskratzen hob er kaum die Beine, und beim Auftrensen riss er ständig den Kopf hoch, sodass Flora ihm das Zaumzeug nicht überstreifen konnte. Wo blieb denn Miri nur? Zu zweit ging es viel besser. Da stand plötzlich Nathalie neben ihr.

»Soll ich ihn kurz halten?«, fragte sie und griff nach Bennis Halfter.

Flora warf ihr einen erstaunten Blick zu. »Äh … danke«, murmelte sie und beeilte sich, Benni das Mundstück ins Maul zu schieben.

»Ich geh schon mal los. Kommst du dann?«, rief Vicky von draußen herein.

»Jaja, gleich«, antwortete Nathalie und klang eher so, als ob dieses »Gleich« auch später sein konnte. Sie streckte Benni zur Belohnung fürs Stillhalten eine Karotte hin.

»Ich hab sowieso gerade welche für Aurora geholt«, erklärte sie. »Musste mal kurz meine Ohren erholen.« Sie zwinkerte Flora zu. Die staunte. Dass ausgerechnet Nathalie so was sagte, wunderte sie.

»Vicky spricht schon ein bisschen viel von sich«, meinte Nathalie und streichelte Bennis Stirn. »Wie toll sie reitet, wie toll Crazy ist ... Da kommt man kaum zu Wort.«

Flora lächelte still in sich hinein. Das war ja eine ganz neue Erfahrung für Nathalie! Vielleicht merkte sie jetzt mal, wie nervig es war, ständig anzugeben und nur von sich zu reden? Aber das konnte Flora ihr natürlich so nicht sagen.

»Ja, bei manchen Leuten ist eben immer alles besonders toll«, war daher der einzige Kommentar, den sie abgab. Für einen kurzen Moment schauten die beiden sich schweigend an.

»Immer geht eigentlich gar nicht«, murmelte Nathalie schließlich und wandte den Blick ab. Da kam

Miri mit großen Schritten die Stallgasse entlang. »Sorry, dass ich so spät bin«, rief sie schon von Weitem. »Aber meine Mutter wollte ausgerechnet jetzt mein Zimmer ausmisten!«

»Vielleicht haben sich unsere Mütter abgesprochen?«, fragte Flora. »Felix muss gerade auch ran.«

»Das steht mir noch bevor.« Nathalie verdrehte die Augen. »Warum wollen Mütter bloß ständig aufräumen? Am Ende findet man dann gar nichts mehr.«

Da pflichteten ihr Flora und Miri sofort bei. Die drei klagten sich ein bisschen ihr Leid, dann musste Flora mit Benni in die Halle.

»Die war ja heute richtig nett«, flüsterte Miri ihr zu.

Flora nickte. Sie war selbst ganz erstaunt. Scheinbar konnte Nathalie auch anders sein. Vielleicht hatte die blöde Vicky doch was Gutes?

Ziemlich verschwitzt radelte Flora nach der Reitstunde mit Miri nach Hause. Miri plapperte ständig vor sich hin, doch Flora war nicht besonders gesprächig. Auf dem Reiterhof hatte sie kurze Zeit mal nicht an Johann gedacht, aber nun ergriff sie wieder die Sorge um den kleinen Kauz.

»Schau mal da!«, rief Miri plötzlich und deutete nach oben. Zwei Vögel, ein größerer und ein kleinerer, schossen vom Waldrand her direkt auf sie zu. Flora erkannte die beiden sofort: Goldwing und Johann! Vor lauter Freude legte sie eine Vollbremsung hin. Mit offenem Mund starrte sie in den blauen Sommerhimmel. Am liebsten hätte sie den zwei Vögeln mit beiden Händen zugewinkt und laut gejubelt. Miri hätte sie vermutlich für verrückt erklärt.

Nun drehten Goldwing und Johann ab und nahmen wieder Kurs auf die Tannen.

»Du wirst immer besser«, meinte Miri lachend. »Sonst kam ja immer nur eine Eule, aber heute sind es gleich zwei. Und irgendwann ist vielleicht der ganze Himmel voller Eulen?«

Da musste Flora lächeln. Ein Himmel voller Eulen – das wäre wunderschön!

Sie war so erleichtert, dass Goldwing Johann gefunden hatte. Und wie nett, ihr auf diese Weise Bescheid zu sagen. Nun musste sie keine Angst mehr um den Kauz haben. Goldwing würde sich bestens um ihn kümmern.

Als Flora die Wohnung betrat, war Frau Faltin noch mit Felix in seinem Zimmer. Um sie herum lagen verstreut Hefte und Umschläge in allen Farben, während sich in einer Kiste vollgekritzelte Papiere und Zeichenblöcke stapelten.

»Du sollst Emil zurückrufen«, sagte Frau Faltin zu Flora. »Er meinte, es sei wichtig.«

Flora holte sich sofort das Telefon, ging in ihr Zimmer und wählte Emils Nummer. Gleich nach dem ersten Läuten ging er ran.

»Flora, Hibu meint, dass ein Steinkauz ihm erzählt hat, wo wir Johanns Eltern finden«, platzte Emil sofort heraus. »Er hat ihm die Stelle ganz genau beschrieben! Da müssen wir hin!« Obwohl Emil flüsterte, hörte Flora an seiner Stimme, wie aufgeregt er über diese Nachricht war. Auch Floras Herz fing an, wie wild zu schlagen.

»Ich komme heute Nacht mit Goldwing und Johann zum Turm«, raunte sie in den Hörer.

»Mit Johann?«, fragte Emil verwundert. »Wie willst du den denn aus Federstein rausbringen?« Klar, er hatte ja keine Ahnung, dass Johann abgehauen war, und Flora weihte ihn schnell ein.

»Dann ist er vielleicht jetzt bald bei seinen Eltern«, freute sich Emil. Auch Flora war so froh und hatte das Gefühl, dass nun alles gut würde. Dann brauchten sie Goldwings Zauberkräfte und das Freundschaftsband gar nicht! Es war alles viel einfacher. Aber so richtig aufatmen würde sie erst, wenn Johann heute Nacht tatsächlich wieder bei seinen Eltern war!

13

Verheißungsvolle Rufe

Mit klopfendem Herzen lag Flora an diesem Abend im Bett. Sie konnte es kaum erwarten, Goldwing und Johann die spannenden Neuigkeiten zu verraten! Warum dauerte das nur so lange, bis ihre Eltern ins Bett gingen? Doch endlich war es ruhig, und Flora schlich sich nach draußen in den Garten.

Sie erkannte sofort Goldwings leuchtende Augen, aber die von Johann sah sie nicht. Flora erschrak. Wo war er? War irgendwas passiert? Aber nein, da saß er ja! Allerdings drückte er sich an den Stamm der Tanne und drehte ihr den Rücken zu. Was hatte er denn? Er schaute sich ja nicht mal um, als sie »Hallo« sagte. Da bemerkte sie das Freundschaftsband, das Goldwing neben sich auf den Ast gelegt hatte. Sie hatte es also nicht vergessen!

Schnell verwandelte Flora ihre Zaubereule und deutete dann fragend mit dem Kopf zu Johann hinüber.

»Er ist wild entschlossen, in die Stadt zu fliegen«, erklärte Goldwing. »Ich konnte ihn nur mit Mühe davon abhalten. Er will einfach nicht wahrhaben, dass das viel zu weit für ihn ist. Jetzt ist er wütend auf mich. Und nur deshalb mitgekommen, weil er will, dass du ihm den Weg beschreibst. Dann kann er endlich los, meint er.«

»Oh nein, das muss er doch gar nicht!«, flüsterte Flora und legte die Hand auf Johanns kleinen Körper. Wie zart er sich anfühlte! Der kleine Kauz wandte zögernd den Kopf und blickte Flora schweigend an. Sein Blick war voller Entschlossenheit. Er wollte um jeden

Preis zu seinen Eltern, da konnte ihn auch der kluge Rat einer älteren Eule nicht davon abhalten.

»Wie meinst du das, dass er das gar nicht muss?«, wollte Goldwing wissen.

Da erzählte ihr Flora von Emils Anruf, und Goldwing schlug vor lauter Freude die Flügel zusammen. »Das ist ja toll! Amigo und die andere Waldohreule konnten mir nämlich leider nicht weiterhelfen. Aber dann hat die Suche jetzt ja sowieso ein Ende!«

Johann blickte erstaunt zu ihnen herüber. Obwohl der Kauz sie nicht verstehen konnte, war ihm bestimmt klar, dass es gute Neuigkeiten gab.

Nachdem Goldwing ihm alles erzählt hatte, starrte Johann sie schweigend an. Als ob er erst mal begreifen musste, was er da gehört hatte. Dann trippelte er plötzlich aufgeregt auf und ab und gab krächzende Huh-Rufe von sich.

»Er möchte sofort los«, übersetzte Goldwing. Flora schmunzelte. Das konnte man sehen!

»Wir treffen uns mit Emil und Hibu am Turm«, erklärte sie. »Er bringt uns dann zu Johanns Eltern. Und das hier nehme ich für dich mit.« Sie hielt das Armband hoch und steckte es in ihre Hosentasche.

Goldwing nickte und schwang sich in die Luft. Johann zögerte keine Sekunde, ihr zu folgen, während

Flora sich bemühte, den beiden hinterherzukommen. Hoffentlich war so spät niemand mehr unterwegs und entdeckte Goldwing mit ihren Glitzerflügeln. Doch zum Glück erreichten sie unbemerkt den Wald und wenig später den Turm. Dort wartete Emil schon auf sie. Er saß auf der Bank, Hibu und ein kleiner Steinkauz hockten neben ihm auf der Lehne. Als sie Goldwing und Johann zwischen den Bäumen auftauchen sahen, flogen sie ihnen gleich entgegen.

Mit leisen Rufen begrüßten sich die Eulen. Wie schön, Goldwing und Hibu mit ihren leuchtenden Flügeln gemeinsam mit den beiden kleinen Käuzen in der Luft zu sehen. Fast wirkte das wie eine Zaubereulenfamilie! Gab es so was überhaupt? Oder wurden Zaubereulen gar keine Eltern, weil sie ihre Aufgaben zu erfüllen hatten? Flo-

ra schüttelte über sich selbst den Kopf. Wie kam sie denn jetzt auf solche Gedanken?

Da war auch schon Emil neben ihr, lächelte sie etwas schüchtern an und sagte leise »Hi«. Flora wunderte sich, warum ihr Herz plötzlich so wild klopfte. War das, weil sie gleich Johanns Eltern trafen?

»Hallo, Flora!«, rief Hibu da von oben. »Können wir los?«

»Ja, klar!«, rief Flora zurück. Gemeinsam folgten alle dem Steinkauz. Zielsicher führte er sie kreuz und quer durch den Wald, an zerklüfteten Felsen vorbei, zwischen halbwüchsigen Bäumen hindurch und durch ein fast ausgetrocknetes Bachbett. Nur wenige Meter davon entfernt öffnete sich eine Lichtung, deren saftig grünes Gras Flora zwischen den dunklen Baumstämmen entgegenschimmerte. Aber was schimmerte da noch? Flora schnappte nach Luft.

Da war ein kleiner See, mitten im Wald! Das Licht des Mondes glitzerte auf dem glatten Wasser, als ob jemand silberne Kleckse darauf gemalt hätte. Wie wunderschön der große, alte Baum mit seinen weit ausladenden Zweigen daneben aussah. Prüfend musterte ihn Flora. Versteckten sich da vielleicht Johanns Eltern? Doch sie konnte sie nirgends entdecken.

Voller Ungeduld ging sie mit Emil über die Wiese. Ihr war ganz flau im Bauch. Würden gleich die Eltern angeschossen kommen? War das der große Moment, den sie sich schon so oft ausgemalt hatte?

Hibu rief dem kleinen Steinkauz etwas zu, der mit den anderen am Ufer des Sees gelandet war. Er lauschte mit schief gelegtem Kopf, richtete sich dann auf und drückte die Brust nach vorne. Mit ein paar kreischenden *Guig*-Rufen warf er Flora einen stolzen Blick zu.

»Er sagt, er hat das Kauzpaar zwar nicht selbst gesehen, aber ein anderer Steinkauz schon«, erklärte Hibu. »Und es ist alles so wie in der Beschreibung. Ein See, ein Baum mit herzförmigen Blättern …«

Erst jetzt fiel Flora das auf. Das war tatsächlich ein Ginkgobaum, so wie der im Park. Aber den suchten sie ja nicht!

»Hibu, es ging nicht um den Baum und den See«, erklärte Flora bedrückt. »Wir wollten damit ja nur beschreiben, wie es um Johanns Nest herum ausgesehen hat. Ich glaube, da ist ein bisschen was durcheinandergekommen.«

Das erinnerte Flora an das Stille-Post-Spiel, wenn eine Nachricht von einem Ohr zum nächsten geflüstert wurde und am Ende was ganz anderes rauskam.

Hibu sah unglaublich enttäuscht aus. Goldwing übernahm es, den Steinkauz mit sanften Rufen über den Irrtum aufzuklären. So stolz hatte er eben gewirkt, doch nun drehte er verschämt den Kopf zur Seite. Ganz klein und betrübt war er plötzlich. Und noch trauriger wirkte Johann. Mit einem Schlag waren all seine Hoffnungen wie eine Seifenblase zerplatzt. Er hatte geglaubt, heute Nacht seine Eltern zu sehen. Und nun waren sie wieder ganz weit weg. Sie konnten überall sein!

Flora tat Johann so leid. Wie schlimm musste das für ihn sein! Aber er sollte wissen, dass sie nicht einfach so aufgeben würden. Nein, jetzt war der Moment für Goldwings Armband gekommen. Vielleicht gab es ja doch irgendwelche unbekannten magischen Kräfte, mit denen sie Johanns Eltern hierherlotsen konnte?

Doch plötzlich hoben Goldwing und Hibu die Köpfe und starrten an Flora vorbei. Sie fuhr herum und wich verdutzt zurück. Da kam eine Eule über die Lichtung geflogen, direkt auf sie zu! Flora spürte den Lufthauch, als sie ganz dicht an ihr vorbeiflatterte, bevor sie schließlich in dem großen Ginkgobaum landete. Mit ruckartigen Kopfbewegungen blickte sie zwischen den vier Eulen hin und her, ohne Flora und Emil aus den Augen zu lassen. Dann fing sie an zu reden. Geheimnisvoll verhallten ihre Rufe in der Nacht …

14

Magische Kräfte

Flora lauschte gebannt den sanften Lauten der Eule, die Goldwing zum Verwechseln ähnlich sah. Nur, dass sie ein bisschen kleiner war und keine glitzernden Flügel hatte. Trotzdem war sie eine Zaubereule, wie Goldwing berichtete.

»Ihr Freund, Jona, ist noch im Urlaub, aber normalerweise treffen sie sich auf der Lichtung. Hier hat Jona Securo, so heißt die Eule, zum ersten Mal verwandelt. Und hier hat ihnen wenig später auch Dareia verkündet, dass Securo für die Bewachung dieses Baums zuständig ist. Anscheinend ist er für Athenaria von besonderer Bedeutung. Der Baum ist fast so alt wie das Zauberreich selbst, also schon einige Hundert Jahre. Und er hat wohl immer eine Zaubereule als Wächter.«

»Worauf genau soll Securo denn aufpassen?«, wollte Flora wissen.

»Das hab ich ihn auch gefragt«, erwiderte Goldwing. »Er weiß es gar nicht so richtig. Nur, dass er den Baum beschützen muss und ihm auf keinen Fall etwas passieren darf. Einmal wollte ein junges Pärchen mit einem Messer was in die Rinde ritzen. Aber die hat Securo mit ein paar Flugmanövern vertrieben. Ansonsten war noch nie irgendwas Ungewöhnliches. Bis wir heute Nacht gekommen sind.«

»Wenn der Baum wichtig ist für Athenaria, dann … dann könnte es doch sein, dass er Zauberkräfte hat! Und uns vielleicht helfen kann, Johanns Eltern zu finden?«, überlegte Flora.

Goldwing schaute sie nachdenklich an und nickte dann. Da holte Flora das Armband aus ihrer Hosentasche. »Hier, halt es doch mal an den Baum. Vielleicht tut sich ja was.«

Das machte Goldwing, aber leider passierte überhaupt nichts. Der Baum stand reglos wie zuvor, nur der Wind fuhr leise raschelnd durch die Blätter.

Goldwing bemerkte Securos fragenden Blick und erklärte ihm, was sie vorhatten. Securo schaute voller Mitgefühl auf den kleinen Johann, während seine Ohren in alle Richtungen zuckten. Auch Goldwing sah so aus, wenn sie nachdachte, aber leider hatte keine der Eulen eine Idee.

»Ich kann mir nicht vorstellen, dass es so einfach geht«, meinte Emil schließlich. »Wenn der Baum uns helfen soll, brauchen wir dafür noch irgendwas.«

»Und was?«, wollte Flora wissen.

Emil zuckte mit den Schultern. »Keine Ahnung. Irgendeinen Gegenstand, der die Zauberkraft des Baums in Gang setzt?«

Flora schaute sich den Ginkgobaum genau an. Verbarg sich etwas zwischen den Wurzeln, wie sie es schon einmal bei dem Olivenbaum auf Burg Federstein erlebt hatte? Oder war er hohl und versteckte ein Geheimnis in seinem Innern? Flora klopfte gegen den Stamm, auch Goldwing und Hibu pickten hier und dort herum, aber der Baum blieb einfach ein Baum.

Flora kam es so vor, als ob sie vergeblich an eine verschlossene Tür klopften. Trotzdem hatte sie das Gefühl, dass es irgendeinen Trick gab, um sie zu öffnen. Wie mit einem Geheimcode, der einem den Zugang freigab.

Wie aus dem Nichts sah sie plötzlich Felix vor sich, der ärgerlich auf dem Handy ihres Vaters herumgetippt hatte. *Zugang nur mit Zauberfinger,* klangen die Worte ihr noch im Ohr. Plötzlich stockte Flora. Vielleicht war Securo der Zauberfinger? Er war doch für den Baum zuständig, und vielleicht musste er ihn erst »freigeben«, um seine Zauberkraft zu wecken?

Zögernd berichtete sie den anderen von ihrer Idee, doch Goldwing war sofort Feuer und Flamme. Sie informierte Securo, dann schnappte sie sich das Armband, und die beiden umfingen mit ihren Flügeln den dicken Stamm. Goldwing presste das Armband ganz fest mit dem Schnabel gegen das zerfurchte Holz, fast schien sie es in den Baum hineindrücken zu wollen. Mit klopfendem Herzen stand Flora neben Emil und wartete. Johann und Hibu hielten es kaum aus und trippelten aufgeregt von einem Bein aufs andere. Was sollten sie denn tun, wenn das jetzt auch nicht funktionierte? Aber da! Plötzlich fing der Baum an zu leuchten. Zuerst nur an ein paar einzelnen Stellen, doch es wurden immer mehr. Sie breiteten sich aus, flossen ineinander, strömten die Äste entlang hinein in jedes einzelne Blatt. Bis der ganze Baum strahlte und sein Licht in den sternenübersäten Nachthimmel schickte.

Und genau in dieser Sekunde rief der kleine Steinkauz: »Guig, guig!« Die anderen, die nur Augen für den Ginkgobaum gehabt hatten, folgten seinem Blick und erstarrten. Dort, auf dem dunklen Wasser des Sees, war das Bild von zwei Käuzen zu sehen!

Johann flatterte sofort los, während er immer aufgeregtere Rufe von sich gab. Halb

fliegend, halb hüpfend und stolpernd, schlidderte er Richtung Ufer.

»Halt!«, rief Goldwing erschrocken, ließ das Armband fallen und flog Johann hektisch hinterher. Sie stellte sich ihm mit ausgestreckten Flügeln in den Weg und konnte gerade noch so verhindern, dass Johann sich ins Wasser stürzte. Die beiden Käuze schienen zum Greifen nah, und doch war es nur ihr Spiegelbild, das auf geheimnisvolle Weise aufs Wasser gezaubert war.

Mit ein paar strengen »Huhs« drängte Goldwing Johann ein Stück zurück und stellte sich vor ihn. Johann machte einen langen Hals und ließ das Abbild seiner Eltern nicht aus den Augen. Nun bückte sich seine Mutter und hielt plötzlich etwas Leuchtendes im Schnabel. Floras Freundschaftsband! Es strahlte, genau wie der Baum! Mit schief gelegtem Kopf schaute der Vater auf das Band, streckte dann vorsichtig den Flügel danach aus und schloss die Augen. Eine Weile verharrten die beiden so, als ob sie einer geheimen Botschaft lauschten. Half ihnen das, den Weg zu Johann zu finden?

Da öffnete Johanns Vater wieder die Augen, und seine Mutter deutete mit dem Flügel in die Luft. Die beiden flogen auf, wurden kleiner und kleiner und waren schon bald nicht mehr zu sehen. Nur das Armband hinterließ eine leuchtende Spur. Das Bild auf dem See verblasste, bis bloß noch das Glitzern des Monds darauf zurückblieb. Alle starrten schweigend auf das Wasser, und nichts verriet mehr, was es ihnen offenbart hatte. Flora wusste: Ganz besondere magische Kräfte waren hier im Spiel. Und diese Kräfte würden nun hoffentlich Johanns Eltern zu ihnen führen!

15

Leuchtende Herzen

Securo fand als Erster die Sprache wieder. Seine langgezogenen »Huhs« schwebten voller Staunen durch die Nacht.

»Er hätte nie geglaubt, was für eine geheimnisvolle Magie in diesem Baum steckt«, übersetzte Goldwing leise mit einem Blick auf die noch immer leuchtenden Ginkgoblätter. »Und dass es seine Aufgabe ist, die Tür dazu zu öffnen. Er ist froh, dass er das nun weiß.«

»Meinst du, mit dem Baum kann man sich noch mehr wünschen?«, fragte Flora. »Also nicht nur, jemanden zu finden, sondern einfach auch, mal etwas zu sehen. Also zum Beispiel einen Blick nach Athenaria zu werfen? Ich würde so gern wissen, was die Herrscherinnen eigentlich den ganzen Tag machen. Und ich würde auch gern öfters mal zu Zoe schauen.«

»Also nur so zaubern, aus Spaß oder Neugier, das dürfen wir doch gar nicht«, erinnerte Goldwing sie. »Aber vielleicht kehren wir ja einmal hierher zurück, wenn wieder jemand unsere Hilfe braucht?«

Flora nickte. Hoffentlich! Wenn die Herrscherinnen den Baum von Securo bewachen ließen, dann bestimmt nicht, damit er nur dieses eine Mal seine Zauberkraft zeigte. Nein, er hatte sicher eine größere Aufgabe. Vielleicht steckten noch ganz andere Kräfte in ihm? Flora legte ihre Hände auf den dicken Stamm. Das Holz schien irgendwie zu vibrieren. Floras Finger kribbelten, als ob sie eine geheimnisvolle Energie spürten, die unter der Rinde hindurchströmte. War das die Kraft, die den Kauzeltern den Weg hierher wies? Flora blickte sich suchend um, aber nicht ein einziger Vogel zeigte sich.

Auch Johann hielt Ausschau und wurde immer nervöser. Unruhig trippelte er um den Baum herum und stieß aufgeregte Laute aus.

Goldwing ging zu ihm, versuchte, ihre Flügel um ihn zu legen, doch Johann wollte nicht stillhalten. Alle sanften Rufe konnten ihn nicht beruhigen. Johann klang nur noch verzweifelter. Floras Herz krampfte sich beim Anblick des Vogels zusammen. Nun hatte er seine Eltern gesehen, und jetzt kamen sie nicht!

»Ich habe ihm gesagt, er soll auf die Herrscherinnen vertrauen«, erklärte Goldwing. »Sie helfen bestimmt. Aber Johann meint, wenn sie so mächtig wären, dann hätten sie seine Eltern doch einfach herzaubern können. Woher sollen sie denn wissen, wo sie ihn finden?«

»Das werden wir erfahren, wenn sie da sind«, erwiderte Flora. »Und sie werden kommen, ganz sicher!«

Sie kniete sich hin, legte ihre Hände auf Johanns kleinen Körper und schaute ihn entschlossen an. Johann starrte schweigend zurück, und in seinem Blick lag nichts als Traurigkeit und Verzweiflung. Dann duckte er sich unter ihren Händen weg und flatterte auf.

»Johann, warte!«, rief Goldwing und beeilte sich hinterherzukommen. Mit hektischen Flügelschlägen versuchte Johann, schneller zu sein und über die Wipfel der Tannen zu entkommen. Doch plötzlich verharrten beide Eulen in der Luft. Und da sah Flora, was sie schon vor ihr entdeckt hatten: zwei Käuze! Johanns Eltern! Sie flogen immer schneller, direkt auf Johann zu. Und da gab es für ihn kein Halten mehr. Er schoss los, mit freudigen Rufen, seinen Eltern entgegen.

Hoch oben, über dem leuchtenden Ginkgobaum,

hatte die Familie sich endlich wieder! Ganz wild vor Glück drehten die drei sich im Kreis, und Flora hatte das Gefühl, die Sterne am Himmel strahlten nun noch heller. Für einen Augenblick schien die kleine Familie alles um sich herum vergessen zu haben, als ob nichts mehr von Bedeutung war. Doch dann fiel ihr Blick auf Goldwing, die sich etwas abseits gehalten hatte, und gemeinsam flogen sie zu den anderen zurück.

Auf dem Boden angekommen, redeten alle Eulen wild durcheinander. Nur Johann, dessen Eltern ihn in die Mitte nahmen und sich ganz fest an ihn drückten, verhielt sich ruhig. Immer wieder schaute er von einem zum anderen, als könnte er nicht glauben, dass er seine Eltern nun wirklich wiederhatte.

Flora konnte schließlich nicht länger warten, sie brannte vor Neugier. »Goldwing, wie haben sie uns denn gefunden?«

»Das Freundschaftsband hat plötzlich geleuchtet«, erklärte Goldwing aufgeregt. »Als sie es im Nest entdeckt und zum ersten Mal im Schnabel hatten, haben sie so ein Kribbeln gespürt. Sie wussten nicht genau, was es damit auf sich hat, aber es musste etwas mit Johann zu tun haben. Schließlich hatten sie ja das Foto. Also haben sie beides erst mal mitgenommen. Und dann hat das Band vorhin angefangen zu leuchten. Als sie es hochgenommen haben, ist ihnen ganz warm geworden, vom Flügel bis zur Krallenspitze. Und plötzlich kam es ihnen so vor, als ob eine geheime Kraft sie nach oben ziehen würde. Sie sind losgeflogen, immer der Wärme nach. Denn, wenn sie vom Kurs abgekommen sind, wurde ihnen sofort kalt. So haben sie ihren Weg bis hierher gefunden.« Goldwing holte tief Luft und schaute Flora glücklich an. »Sie sind sehr dankbar für unsere Hilfe und dass sie Johann nun wiederhaben.«

Flora wurde ganz heiß vor Freude, und sie sah, dass auch Emil strahlte. Beide schauten hoch in die Krone des Ginkgobaums, dessen Blätter wie Tausende kleine Herzen strahlten. Ohne seine Zauberkraft hätten sie es nicht geschafft.

Johann hatte Floras Blick bemerkt und pickte nun ein Blatt vom Boden auf. Er reckte den Kopf und hielt es seinen Eltern hin. Wie süß er damit aussah! Eine Welle der Zuneigung schwappte über Flora hinweg. Die Eltern hielten ihre Schnäbel an das Blatt, und eine Weile verharrten die drei einfach so. Während die anderen um sie herumstanden und ganz versunken waren in dieses Bild voller Glück. Flora glaubte, dass der Baum für einen kurzen Moment noch ein bisschen heller strahlte, doch dann verblasste sein Schein nach und nach, bis schließlich nichts mehr davon übrig war.

Nun musste der Baum nicht mehr leuchten, er hatte seinen Dienst getan. Aber Johann und seine Eltern nahmen dieses Leuchten mit – in ihren Herzen!

Ein neues Abenteuer wartet bereits
auf Flora und Goldwing!

Band 12 erscheint im Frühjahr 2020
(ISBN 978-3-401-60459-6)

Ina Brandt

Eulenzauber

Ein goldenes Geheimnis*
978-3-401-60102-1

Rettung für Silberpfote*
978-3-401-60103-8

Eine wunderbare Freundschaft*
978-3-401-60131-1

Mein magisches Malbuch
978-3-401-60402-2

Mein Freundebuch
978-3-401-60276-9

Goldwings großer Rätselschatz
978-3-401-60472-5

Arena

*Auch als Hörbücher bei Arena audio und als E-Books erhältlich

www.eulenzauber-lesen.de
www.arena-verlag.de

Ina Brandt

Die Zauberschneiderei

Leni und der Wunderfaden
978-3-401-60354-4

Ein Fest voller Magie
978-3-401-60355-1

Ein Kleid zum Träumen
978-3-401-60356-8

Ein märchenhafter Auftritt
978-3-401-60357-5

Arena

Die Hörbücher
erscheinen bei Arena audio.
Auch als E-Books erhältlich

Jeder Band:
Gebunden
www.arena-verlag.de

Tannenbach
Frau Timmigs Hau
Tannenbach
Schule
Gasthaus
›Zur Goldenen Eule‹
Reitverei